tot unter sperrmüll

gerkoop mannhard

tot unter sperrmüll

eine kriminalgeschichte

© Dezember 2006
Satz und Layout: Gerhard Koopmann
Umschlaggestaltung: das druckhaus, Bremen-Vegesack

Herstellung und Verlag: Books on Demand GmbH, Norderstedt

ISBN: 978-3-8334-6892-6

Diese Geschichte ist meiner Nichte

Andrea

gewidmet, als Dank für ihre Lebensfreude.

1

„Ein Notfall, gemeldet vom Polizeirevier 21! Auf dem Haus
Ecke Gerhard-Rohlfs-Straße und Breite Straße sitzt ein Verrückter
auf dem Dach, der reißt Ziegel heraus und wirft damit auf
Passanten. Schickt sofort einen Mitarbeiter los, die Feuerwehr ist
alarmiert!"

Der Anruf von der Zentrale des Kriseninterventionsdienstes
kam kurz vor Mittag an diesem heißen Tag im August 2005.

Klaus Scheller traute seinen Ohren nicht er hatte während seiner
Zeit beim Sozialpsychiatrischen Dienst schon einiges erlebt, aber
so etwas noch nicht. Hilfesuchend sah er auf den Dienstplan, obwohl er genau wusste das er selbst an diesem Tag zuständig war.
Revier einundzwanzig, das bedeutete mit Sicherheit eine Kon-
frontation mit dem Revierleiter, dieses Ekel, selbst ernannter
Sheriff von Vegesack! Mit diesem unguten Gefühl machte er sich
auf den Weg, es waren gerade mal 150 Meter für ihn. Also rann-
te er zu Fuß los, unterwegs hörte er die Sirenen der Feuerwehr-
fahrzeuge. Der Bereich vor dem Haus war abgesperrt. Dort,
gleich am Anfang der Fußgängerzone mitten in Vegesack, einem
Stadtteil im Norden Bremens, herrschte das totale Chaos. Denn
hier durch den Ortskern führten fünf Buslinien zu beiden Seiten
der Straße.

Und direkt vor dem Haus, auf dem der Verrückte saß, befanden sich die Haltestellen der verschiedenen Linien jeweils auf der gegenüberliegenden Seite der Strasse. Die zu dieser Zeit voll besetzten Busse konnten nicht wenden, weil es dafür viel zu eng war. Alle Fahrgäste waren aufgefordert auszusteigen und drängten sich unter die ohnehin schon herumstehenden Neugierigen. Genau dort wo die Straße eine rechtwinklige Kurve macht saß der Mann auf dem Dachfirst eines vierstöckigen Hauses. Er hatte einige Pfannen losgerissen und warf diese mit voller Wucht auf die Straße, dabei schrie er immer dann wenn ein Ziegel flog:

„Ihr kriegt mich nicht, ihr kriegt mich nicht, ich mach euch alle fertig, ihr Drecksäcke!"

Die Feuerwehr hatte eines der Einsatzfahrzeuge bis dicht an das Haus herangefahren, die Männer waren dabei die Drehleiter auf dem Wagen auszufahren. Scheller arbeitete sich durch die neugierige Menge bis zu dem Einsatzleiter durch. Der beriet mit dem Revierleiter der Polizei wie sie vorgehen wollten. Noch ganz außer Atem, stieß er nach Luft ringend hervor:

„Was kann ich tun, habt ihr schon was unternommen?"

„Ach Scheller, gut dass Sie da sind. Wir haben von einem der Passanten gehört, dass der da oben gedroht hat sich hinunter zu stürzen, wenn wir ihm zu nahe kommen. Was halten Sie davon, ist Ihnen der Mann bekannt?"

Scheller sah zu dem Dachfirst hinauf konnte aber gegen die Sonne nur Umrisse erkennen und antwortete:

„Ich kann ihn nicht genau sehen, aber ich glaube ich weiß um wen es sich handeln könnte."

Ihm war nicht ganz wohl in seiner Haut. Wenn es stimmte was er vermutete dann trug er vielleicht eine Mitschuld an diesem Ereignis. Denn es konnte sich hier nur um Sven Jankov handeln, der bei ihm seit einiger Zeit in ambulanter Behandlung war. Ein seit einigen Jahren drogen- und alkoholabhängiger junger Mann der schon des öfteren außer Kontrolle geraten war. Er hatte ihm vor ein paar Wochen seinen Antrag auf die Aufnahme in das Methadonprogramm abgelehnt. Seitdem hatte er ihn nicht mehr gesehen. Ob das der Grund dafür war dass der Junge jetzt so ausrastete? Vielleicht hatte er mit dieser Ablehnung einen Fehler gemacht, jedenfalls fühlte er sich schlecht bei diesem Gedanken.

Das Durcheinander in der Menschenmenge verstärkte sich noch, weil sich jetzt eine Gruppe Punks, die sonst immer am Bahnhof oder am Sedanplatz herumhingen, mit ihren Hunden unter die neugierigen Leute mischte. Diese Gruppe machte sich einen Spaß daraus die Stimmung noch weiter anzuheizen, sie schrieen und johlten zu dem auf dem Dach Sitzenden hinauf:

„Spring doch endlich, Feigling, Spring doch, Spring doch!"

Dabei bellten ihre Hunde wie verrückt, und die Menge drängte immer weiter auf das Haus zu. Die wenigen Polizisten konnten dem Druck kaum standhalten. Der Einsatzleiter der Polizei rief verzweifelt nach Verstärkung durch die Bereitschaftspolizei, die er angefordert hatte. Der Vormann der Feuerwehr schlug vor, von zwei Seiten an den Mann heran zu gehen. Zwei seiner Leute sollten durch das Haus von innen über das Treppenhaus vordringen. Von außen konnten sie nur mit der Drehleiter von der Straße aus an ihn herankommen. Seine Männer hatten schon versucht ein Sprungtuch zu spannen, wurden dabei aber immer mit den Ziegeln beworfen. Um die Männer nicht in Gefahr zu bringen blieb ihnen nur der Weg über das Treppenhaus. Deshalb sah er Scheller mit einem fast flehentlichen Blick an:

„Können Sie den nicht zur Vernunft bringen, ich will nicht das meine Männer verletzt werden wegen so eines Verrückten!"

Scheller erwiderte:

„In diesem Zustand in dem er sich jetzt befindet hat das wenig Sinn. Der ist normalen Gesprächen nicht zugänglich, so wie der voll gedröhnt ist. Wir sollten warten, er beruhigt sich wieder, wenn die Wirkung der Drogen nachlässt. Nur sicher bin ich mir auch nicht, ich weiß ja nicht was er genommen hat. Trotzdem kann ich versuchen mit ihm zu reden, vielleicht hilft das ja."

Er wandte sich noch einmal an den Revierleiter. Obwohl er mit dem schon des öfteren schwierige Situationen durchgestanden hatte, mochte er diesen Mann nicht, fand ihn in seiner ganzen Art irgendwie abstoßend. Schon sein Äußeres störte ihn. Kubik war groß, fast zwei Meter und seine Körperfülle konnte man getrost als gigantisch bezeichnen. Der brachte bestimmt 160 Kilo auf die Waage, schwitzte wie verrückt, und war wie vermutet schlecht gelaunt. Seinen Riesenbauch vorgestreckt baute er sich vor ihm auf, die Fußspitzen nach außen gekehrt. Scheller wich einen Schritt zurück und dachte:

„Der stellt sich wohl so hin, weil er Angst hat sein Bauch könnte ihm auf die Füße fallen."

Kubiks dröhnende Stimme riss ihn aus seinen Gedanken:

„Na, Scheller wieder einer Ihrer Spezis, das haben wir jetzt von eurem ewigen Herumtherapieren. Holen Sie den da runter, aber schnell. Wie ist mir egal, ist ja schließlich einer Ihrer Schützlinge."

Diese Einschätzung seiner Arbeit hatte Scheller schon oft gehört. Kubik und einige seiner Kollegen im Revier waren der Meinung dass der Einfluss seines Dienstes viel zu groß sei, und deshalb immer mehr junge Leute drogen- und alkoholabhängig wurden. Es werde ihnen zu leicht gemacht. Sie würden dem Staat nur zur Last fallen, lebten jahrelang von der Sozialhilfe. Und seitdem die Kommune diese Leute in die Hartz IV Kategorie schieben konnte bekamen sie sogar noch Unterkunft, Heizung und Futtergeld für ihre Köter! Man müsste diese Leute viel härter anfassen. Scheller wusste nur zu gut das Kubik solche Anlässe, wie diesen heute, nutzen wird um ihm und seinen Mitarbeitern das Leben und die Arbeit schwerer zu machen. Nur in einem hatte er ja recht, hier musste jetzt etwas geschehen. Das Gedränge unter den Zuschauern wurde immer schlimmer. Er entschied sich, zu dem Randalierer hinauf zu gehen, konnte sich aber nicht verkneifen zu sagen:

„Plustern Sie sich nicht so auf, ich werde hinaufgehen."

Einen Plan wie er das fertig bringen würde hatte er nicht, aber er vertraute auf seine Erfahrung. Der Einsatzleiter der Feuerwehr wurde ungeduldig und nahm Schellers Arm:

„Hier ist eine Skizze vom Treppenhaus und dem Dachgeschoss des Hauses. Zwei meiner Männer werden Sie bis zum First bringen und dann müssen Sie alleine klarkommen."

Kubik schaltete sich noch mal ein und rief zu ihm herüber:

„Wenn der Spuk hier nicht bald beendet ist und Sie den da nicht herunterholen können setzen wir eine Spezialtruppe ein, und wie das dann ausgeht können Sie sich denken!"

Scheller nahm diese Drohung nicht ernst, er wusste Kubik war nicht autorisiert so einen Einsatz anzuordnen. Ganz wohl war ihm nicht in seiner Haut, als er sich mit den beiden Feuerwehrleuten auf den Weg nach oben machte. Seine Begleiter versuchten den Zugang zum Dachboden aufzumachen. Dabei hatten die Männer Probleme, das Luk war von innen verschlossen. Es handelte sich dabei um eine Klappe die man normalerweise vom Treppehaus aus mit einem Haken herunterziehen und dann eine Schiebeleiter ausfahren konnte. Die Männer zögerten nicht lange brachen das Luk auf und stellten eine provisorische Leiter an.

Scheller kletterte hinauf. Vorsichtig sah er sich um, dieser Teil des Dachbodens war nicht isoliert. Durch das Loch im Dach fiel Licht herein. Er konnte auf den Rücken des Mannes sehen. Ja, das musste Jankov sein, der saß auf dem oberen Balken des Dachfirstes etwa einen halben Meter von der Hauskante entfernt. Die Beine hatte er fest um die schräg herablaufenden Sparren geklemmt. In der rechten Hand hielt er einen Dachziegel in der Linken ein Handy dicht an sein Ohr gepresst. Scheller sah noch einmal zu seinen Begleitern zurück, die ihm aufmunternd zunickten. Dann atmete er tief durch, trat auf den Dachboden und rief Jankov an:

„Hey, hier ist Scheller können wir ...“

Statt einer Antwort kam ein Ziegel geflogen, er konnte im letzten Moment ausweichen. Das „Geschoss“ verfehlte ihn nur knapp und knallte gegen einen Pfosten dicht neben ihm. Ein Splitter traf ihn im Gesicht, er merkte wie das Blut an seiner Wange herunterlief. Angst hatte er nicht, nur kam ihm das alles sinnlos vor. Er überlegte kurz ob er sich zurückziehen sollte, trat dann aber doch einen Schritt weiter auf Jankov zu. Der hatte sich wieder abgewandt und sprach aufgeregt in sein Handy. Das war die Gelegenheit dichter heran zu kommen, vorsichtiger näherte er sich seinem Ziel, er wollte versuchen ihn noch einmal anzusprechen. Jankov drehte sich zu ihm herum, in der Rechten wieder einen Ziegel haltend. Ihre Blicke trafen sich, nur kurz konnte er in die Augen des Verrückten sehen:

„Komm, sei doch vernünftig ...“

Jankov ließ den Ziegel fallen und beugte sich nach vorn. Scheller sprang auf ihn zu und wollte nach ihm greifen, doch er konnte ihn nicht mehr erreichen. Ihm wurde schwarz vor Augen. Der gellende Schrei aus vielen Kehlen brachte ihn wieder zur Besinnung. Seine Begleiter winkten ihm zu.

„Kommen Sie runter hier ist jetzt nichts mehr zu machen."

Ihm wurde schlecht, fasst wäre er von der Leiter gefallen der hinter ihm stehende Feuerwehrmann stützte ihn gerade noch ab.

„Mein Gott! Warum musste das geschehen, warum bin ich denn nicht eher hinauf gegangen?"

Unten war es trotz der großen Menschenmenge totenstill. Er lief zu der Stelle, wo der verkrümmte Körper des Mannes lag. Scheller fasste den Arzt von der Nothilfe an die Schulter und sah ihn fragend an. Der blickte zu ihm auf und schüttelte den Kopf.

„Tot, wahrscheinlich Genick- und Schädelbruch! Da ist nichts mehr zu machen."

Kubik war auch schon herangetreten, ohne sichtbare Erregung sagte er:

„Das ist jetzt wohl ein Fall für die Kripo. Ich habe Frau Brock, die zuständige Kommissarin, informiert, die wird gleich hier sein."

Wandte sich ab und gab Anweisungen an seine Mitarbeiter wie weiter vorgegangen werden sollte bis zum Eintreffen der Kriminalbeamten.

2

Lydia Brock hatte von dem Tumult in der Innenstadt im Radio gehört, ein Reporter des regionalen Radiosenders war zufällig vor Ort. Der hatte die Gelegenheit genutzt und über Telefon einen Bericht durchgegeben. Laut Dienstplan war sie an diesem Tag zuständig für derartige Fälle. Sie entschied sich den neuen Kollegen Frank Wismut mitzunehmen. Vielleicht hatten sie Glück und es handelte sich um einen Unfall. Es dauerte nicht lange bis sie am Ort des Geschehens waren, dieser Stadtteil war klein und alles lag dicht beieinander.

Dort nahm Kubik sie in Empfang, er stellte seine massige Figur so dicht vor sie, dass sie einen Schritt zurückweichen musste.

Seine Anwesenheit war ihr, wie immer wenn sie mit ihm zu tun hatte, nicht gerade angenehm. Aber sie hatte herausgefunden wie mit ihm umgegangen werden musste um ihn auf Distanz zu halten.

„Na Kubik, nicht gerade der schönste Tag heute für uns, wie ist es zu dem Unfall gekommen?"

Kubik antwortete nicht gleich, er hatte Mühe die Neugierigen nicht zu nahe kommen zu lassen. Dabei wischte er sich immer wieder mit einem riesigen Taschentuch den Schweiß von Stirn und Nacken. Lydia kam der Gedanke bei seinem nächsten Geburtstag den Kollegen vorzuschlagen ihm ein Schweißtuch zu schenken. Endlich war er soweit und informierte sie über den Vorgang. Das musste man ihm lassen, bei all der Antipathie, die fast jeder im Revier gegen ihn hatte, er war ein absoluter Fachmann. Kurz und präzise schilderte er den Vorfall, sodass Lydia sich sofort ein Bild von der Situation machen konnte. Sie trat an den Toten heran.

„Wissen Sie um wen es sich handelt?"

Winkte ihren jungen Kollegen heran und wies ihn an nach ersten Spuren zu suchen. Wieder antworte Kubik nicht gleich, er hatte Scheller zu sich gerufen der noch ganz weiß im Gesicht war.

„Wir wissen nichts, aber vielleicht kann Scheller Ihnen helfen, er hat immerhin versucht das Drama zu verhindern."

Frank hatte nichts gefunden, keine Papiere, nichts was auf die Identität des Toten hindeuten könnte. Nur ein Handy das er noch in der Hand hielt. Das war alles was er außer seiner Kleidung bei sich trug. Kubik schaltete sich noch einmal ein und fragte:

„Was ist mit den Leuten, die hier zugesehen haben? Sie haben es jetzt mit mindestens hundert Augenzeugen zu tun, sollen wir alle Personalien aufnehmen?"

Sie zögerte einen Moment, hundert Augenzeugen, das würde einen Riesenaufwand bedeuten. Ihr Gespür sagte ihr, wenn jemand wirklich etwas Besonderes beobachtet hatte würde derjenige sich ohnehin bei der Polizei melden. Nicht gleich, sondern wenn der Vorfall verarbeitet war. Außerdem würde die ganze Sache ja auch tagelang in der regionalen Presse stehen und ausgiebig behandelt werden. So entschied sie an Kubik gewandt:

„Nein! Schicken Sie die Leute weg, wir brauchen nur die Personalien des Anrufers der Sie informiert hat. Geben Sie meinem Kollegen bitte Namen, Anschrift und Telefonnummer. Vorerst halte ich mich an Scheller."

Kubik sah sie einen Moment lang mit fragendem Blick an, nickte dann und gab Anweisungen an seine Männer wie die Menge auseinander zu bringen war. Er vertraute der Brock, wenn die auch eine Frau war, so hatte er doch großen Respekt vor der Art wie sie ihre Arbeit machte.

Lydia wandte sich an den Arzt der den Tod des Mannes festgestellt hatte, schnell waren sie sich einig das eine Obduktion angeordnet werden musste, und der Tote in die Rechtsmedizin gebracht werden sollte. Sie informierte den Staatsanwalt.

Endlich konnte sie sich um Scheller kümmern, der war immer noch geschockt und entgegen seiner Art die sie bisher von ihm kannte, ziemlich durcheinander.

„Nun Scheller, Sie sind ja verletzt, lassen Sie sich erst einmal verarzten, dann können Sie mir erzählen was da oben vor sich gegangen ist. Sie wissen um wen es sich bei dem Toten handelt? Wie wollen wir das handhaben, kommen Sie mit aufs Revier oder wollen wir in Ihre Beratungsstelle gehen?"

Scheller nahm sich zusammen, er kannte die Brock gut, sie hatten schon mehrmals miteinander zu tun gehabt. Er wischte sich über sein Gesicht, das jetzt auch schweißnass war.

„Ja, ich kenne den Mann, lassen Sie uns in die Beratungsstelle gehen. Dort kann ich dann schnell in die Akte sehen, wenn Sie weitere Informationen brauchen."

Lydia winkte ihren Mitarbeiter zu sich heran.

„Frank, den Rest hier erledigt die Spurensicherung. Lassen Sie den Dachboden absperren, da geht keiner rauf, bevor die sich das da oben angesehen haben. Die wissen auch ohne uns wie sie vorgehen müssen und worauf es mir besonders ankommt!"

Auf dem Flur der Beratungsstelle warteten aufgeregt die Kollegen Schellers und wollten wissen ob er schlimmer verletzt sei. Er winkte ab und sagte genervt, weil die Reportage des regionalen Senders auch hier zu hören war:

„Alles halb so schlimm, mir geht's gut ich werde jetzt mit Frau Brock und ihrem Mitarbeiter in mein Büro gehen und bitte keine Störungen, wir haben einiges zu besprechen. Und stellt das verdammte Radio ab, der Kerl spinnt sich ja völligen Blödsinn zusammen!"

Nachdem Frank die Tür hinter sich geschlossen hatte war es einen Moment sehr still, sie mussten alle erst einmal durchschnaufen. Bis Scheller in einer seiner Schreibtischschubladen zu kramen begann, und nach der Akte von Jankov suchte. Lydia unterbrach ihn und sagte:

„Lassen Sie doch jetzt erst mal die Akte weg, schildern Sie mir lieber das was auf dem Dachboden des Hauses passiert ist. Vor allem wie dicht waren Sie dran an dem Mann? Wir müssen uns später schon noch gemeinsam den Dachboden ansehen. Mich interessiert der Eindruck den Sie dort in unmittelbarer Nähe des Mannes hatten."

Scheller drehte sich zu ihr herum, die Wunde an seiner Wange hatte wieder stark zu bluten angefangen. Bevor er etwas sagen konnte schlug Lydia vor diese Wunde erst richtig versorgen zu lassen.

„Ist ein Arzt im Haus? Das muss neu verbunden werden, wir können auch später reden."

Doch Scheller bestand darauf dass sie blieben und sagte:

„Ich kann den Arzt hereinrufen, der kann mich behandeln während wir reden, ich will das jetzt loswerden!"

Lydia gab Frank einen Wink, der zog einen Notizblock hervor und nickte ihr zu. Scheller gab, wenn auch stockend seinen Bericht, dabei versuchte er so genau wie möglich den Hergang zu schildern. Nachdem er fertig war sahen sie sich einen Augenblick an. Dabei bemerkte sie das seine Augen nass waren. Das Ereignis hatte ihn wohl doch ziemlich mitgenommen. Aber darauf konnte sie jetzt keine Rücksicht nehmen. Sie musste wissen was dort genau passiert war:

„Scheller, das Wichtigste ist, wie dicht waren Sie dran an diesem ... Jankov, ja? Haben Sie ihn vielleicht noch berührt, und wie weit war der Ihnen am nächsten stehende Feuerwehrmann entfernt?"

Er starrte sie mit weit aufgerissenen Augen an und presste heraus:

„Denken Sie etwa ich wäre Schuld oder hätte ihn vielleicht sogar hinuntergestoßen, das ist nicht Ihr Ernst, oder?"

Sie versuchte ihn zu beruhigen.

„Aber Scheller, Sie wissen genau warum ich diese Fragen stellen muss, das dient doch auch bei einer späteren Prüfung Ihrer Entlastung. Das muss von vornherein klar und eindeutig sein und auch vor Gericht standhalten können. Ich kann bisher nur davon ausgehen, dass das Ganze ein Unfall war. Allerdings kann auch ein Selbstmord nicht ausgeschlossen werden, aber jedes Detail ist wichtig. Was hat der Mann gesagt am Telefon, haben sie etwas verstehen können?"
Er schüttelte den Kopf. „Ich..." Sie wurden von dem Arzt der ins Zimmer kam unterbrochen. Sie nutzte die Gelegenheit, winkte Frank zu sich heran und gab ihm Anweisungen.

„Stellen Sie bei der Spurensicherung fest ob das Telefon, das der Tote in der Hand hatte noch intakt ist und ordnen Sie an, dass das sofort in mein Büro kommt!"
Frank verließ den Raum um das zu erledigen. Sie sah sich an wie der Arzt die Wunde an Schellers Wange versorgte. Der erledigte das geschickt und schnell, er bot ihm noch ein Schmerzmittel an, was Scheller dankend ablehnte. Er lehnte sich zurück und sah sie voll an. Für einen Moment schweiften seine Gedanken ab und er dachte bei sich:

„Was für eine attraktive Erscheinung die Brock doch ist. Das leicht wellige blonde Haar, kurz geschnitten, dieses ebenmäßige glatte Gesicht das leicht gebräunt war. Die Augen die ihn voller Aufmerksamkeit ansahen, und erst diese Figur ...!"

„Scheller, Hallo, was ist mit Ihnen wird's denn gehen?"
Er schüttelte sich kurz, bat um Entschuldigung wegen seiner Unaufmerksamkeit und setzte sich wieder gerade auf.

„Nein, alles in Ordnung, wir können weitermachen. Ob ich verstanden habe was Jankov am Telefon gesagt hat wollten Sie wissen? Verstanden habe ich nichts der Lärm von der Straße war zu groß. Ich habe nur bemerkt das er sehr erregt war.

So als wenn ihm jemand im Nacken säße, er unter großem Druck stehen würde."

Sie hakte sofort ein.

„Wie war denn sein allgemeiner Zustand, Sie kennen sich doch sehr gut aus mit diesen Leuten?"

Er zögerte einen Moment, zog die Augenbrauen zusammen und erwiderte:

„Wissen Sie, das war schon merkwürdig, obwohl ich ihn nur ganz kurz ansehen konnte, hatte ich nicht den Eindruck dass er unter Alkohol- oder Drogeneinfluss stand. Irgendwie war er ganz klar nur eben sehr erregt."

Nach einer kleinen Pause, wieder in seiner Schreibtischschublade herumsuchend, fuhr er fort:

„Das war ungewöhnlich, vor allem bei ihm. Näheres über sein vorheriges Verhalten könnte ich schnell in seiner Akte nachlesen."

Lydia überlegte ob es sinnvoll war das Gespräch jetzt fortzusetzen oder sie erst das Ergebnis der Untersuchung des Handys abwarten sollte. Sie erhob sich fasste Scheller an die Schulter und sagte:

„Wissen Sie was Klaus, wir machen hier erst Schluss, ich glaube das Handy ist jetzt wichtiger. Übrigens gibt es Angehörige die wir unterrichten müssen?"

Jetzt endlich hatte er die Gelegenheit seine Akte hervorzuholen.

„Nein, mir ist nichts bekannt von Angehörigen die hier ansässig wären. Das Einzige was ich sicher weiß ist, dass er seit ca. drei Monaten in der Wohnung eines Freundes untergekommen ist, der zurzeit eine Freiheitsstrafe absitzt. Vorher war er ohne festen Wohnsitz, ist überall rausgeflogen."

Er schrieb die Adresse auf einen Zettel und reichte diesen zu Frank hinüber. Lydia gab ihm die Hand und lächelte ihn an:

„Ich melde mich wieder bei Ihnen, erholen Sie sich gut. Wird es für Sie möglich sein mit mir, in ca. ein bis zwei Stunden auf den Dachboden zu gehen, schaffen Sie das?"

Scheller war kaum merklich zusammengezuckt. Sie hatte ihn an der Schulter berührt und mit seinem Vornamen angeredet. Das löste etwas in ihm aus das er so noch nicht gekannt hat, er antwortete:

„In Ordnung, ich muss mich sowieso ein wenig sammeln um das Ganze geordnet sehen zu können. Haben Sie denn Zweifel an einem Unfall? Dann kann es sich ja nur um Selbstmord handeln."

Sie stand schon an der Tür, drehte sich zu ihm herum und sagte nach einem leichten Seufzer:

„So banal es klingt, Klaus, ich hoffe das es ein Unfall oder Selbstmord war, sicher können wir in unserem Beruf nie sein."

Auf dem Weg ins Revier fragte sie ihren neuen Mitarbeiter:

„Nun Frank, wie ist Ihre Meinung. Was hat Scheller gemeint mit seiner Aussage, er habe nicht den Eindruck gehabt dass der junge Mann unter Drogen- oder Alkoholeinfluss stand?"

Frank sah sie von der Seite an, er war überrascht, wollte sie mit dieser Frage andeuten, dass sie ihn in diesem Fall mit einbeziehen wollte in die Ermittlungsarbeiten? Er wusste das alle Kollegen im Revier gespannt darauf warteten wie sie sich entscheiden wird wen aus der Gruppe sie zu ihrem ständigen festen Mitarbeiter machen würde.

Sie stupste ihn an:

„Na los, beantworten Sie meine Frage, was hat Ihnen denn die Sprache verschlagen?"

Er riss sich zusammen und antwortete:

„Scheller ist ein erfahrener Mann in seiner Arbeit, hat täglich mit solchen Leuten zu tun, und kann sicher beurteilen ob jemand unter Drogen steht oder nicht. Ich glaube ihm und wenn das so ist, dann müssen wir einen Unfall zumindest in Frage stellen, oder?"

Sie schmunzelte, denn sie hatte seinen fragenden Blick von der Seite wohl bemerkt. Der Junge gefiel ihr, sie hatte sich schon mit dem Gedanken angefreundet ihn zu ihrem neuen Partner zu machen:

„Also gut, wenn wir denn schon soweit sind. Ergibt die Untersuchung des Handys einen Anhaltungspunkt dafür das Zweifel an einem Unfall bestehen dann sind Sie dabei, ich kläre das mit dem Abteilungsleiter. Sie wissen was zu tun ist, kümmern sich jetzt um die Ergebnisse die von den Kriminaltechnikern kommen, und wir sehen uns dann in meinem Büro."

Frank war wie benommen, das hatte er so nicht erwartet. Er sollte der neue Partner der Brock werden! Einige seiner Kollegen werden enttäuscht sein, wenn das bekannt gemacht wird. Aber das war ihm egal und jetzt hoffte er dass es kein Unfall war.

3

Auf ihrem Schreibtisch lag eine Kopie des Tagebucheintrags des diensthabenden Beamten, mit Namen und Adresse des Mannes, der den Vorfall gemeldet hatte.

„Sieh an, Kubik der weiß genau worauf es ankommt."

Sie rief Frank zu sich herein:

„Gehen Sie sofort zu diesem Mann und fragen ihn was er beobachtet hat, auch während der Zeit vor und nach dem Ereignis!"

Danach machte sie sich auf den Weg zu Ihrem Abteilungsleiter, den sie sehr schätzte und der letztlich dafür gesorgt hatte, dass sie ihren Beruf hier und überhaupt weiter ausübte. Denn im Herbst des vergangenen Jahres hatte es einen entscheidenden Vorfall in ihrem Leben gegeben. Ihr Partner war bei der Festnahme eines Gewaltverbrechers ums Leben gekommen, durch eine Nachlässigkeit in ihrer Vorgehensweise. Bei dem Versuch den Täter zu stellen hatte sie keine Waffe getragen und konnte ihrem Partner nicht zur Hilfe kommen. Der Abteilungsleiter war es, der sie damals durch seine Umsicht aus der Hand des Täters befreit hatte. Sie hatte lange damit zu tun gehabt dieses Trauma, in das sie danach gefallen war, zu überwinden. Schwarzer war es der sie mit Hilfe des Kollegen Fred, dem Rechtsmediziner Grünert und schließlich der des kleinen Redakteurs von der hiesigen Zeitung dazu gebracht hat weiterzumachen.

Schwarzer empfing sie mit einem strahlenden Lächeln, er mochte Lydia, auch als Frau. Als sie vor zwei Jahren zu ihm in die Abteilung gekommen war hatte sie sich gleich als Volltreffer erwiesen. Intelligent, schnelle Auffassungsgabe, messerscharfer Verstand und ein Gespür für Zusammenhänge, das waren ihre hervorstechenden Merkmale. Dabei war sie sympathisch in ihrer zurückhaltenden Art und hübsch war sie! Er war immer ein wenig aufgeregt, wenn sie in seiner Nähe war.
Heute war er heilfroh, das er sich mit Grünert, dem Rechtsmediziner, Krause dem Redakteur von der hiesigen Regionalzeitung und dem Kollegen Fred zusammen getan hatte, um sie dazu zu bringen ihre Arbeit in seiner Abteilung fortzusetzen.

„Nun, Lydia haben Sie sich schon einen Überblick verschafft, was war da los?"
Sie zögerte einen Augenblick um zu überlegen, ob sie jetzt schon ihr Anliegen, den Kollegen Frank Wismut zu ihrem ständigen

Partner zu machen, vorbringen sollte oder nicht. Verknüpfte ihren Bericht dann mit dem Vorschlag:

„Ich glaube, dass es sich hierbei um einen Unfall handelt und denke Frank kann das allein zu Ende bringen. Ich möchte ihn gern zu meinem ständigen Partner machen, wenn sie einverstanden sind. Ich denke er ist der richtige Mann für diese Aufgabe, und dann hat das „Getuschel" im Revier unter den anderen Kollegen endlich ein Ende."

Dabei schmunzelte sie und sah ihren Vorgesetzten voll an:

„Oder? Sie haben sich doch auch schon lange gewünscht das ich mich endlich entscheide."

Schwarzer war sichtlich erleichtert und froh, dass sie nun mit einer Entscheidung in diesem sehr wichtigem Punkt herauskam. Ihm war völlig egal mit wem sie zusammen arbeiten wollte.

Wichtig war das sie sich entschieden hatte, er hatte ihr das überlassen. Weil er genau wusste wie sie unter dem Verlust ihres damaligen Partners Rene Hoffmann litt, und wie sehr sie sich auch heute noch mit diesen Selbstvorwürfen quälte, sie wäre Schuld an Hoffmanns Tod. Er war sicher, sobald sie einen neuen Partner akzeptieren würde, wäre sie wieder die Alte.

Sie blickten sich lange schweigend an, verstanden einander ohne etwas zu sagen, damit war für beide die Sache geklärt. Lydia kam gleich wieder zu den Fakten.

„Ich möchte nur abschließend noch einmal mit Scheller in das Haus gehen und mir mit ihm diesen Dachboden genauer ansehen."

Schwarzer beugte sich zu ihr hinüber:

„Sie haben doch etwas im Hinterkopf, was sagt Ihnen ihr Gefühl?"

Wieder dieses Lächeln auf seinem Gesicht, wie gut er sich doch in sie hineinversetzen konnte.

„Ich denke, nach dem Gespräch mit Scheller, das irgendetwas nicht stimmt. Ich spüre das. Es ist nur so ein Gefühl, aber ich glaube wir erleben hierbei noch eine Überraschung. Wobei ich hoffe, dass ich dieses Mal nicht recht habe."

„Scheller, das ist doch ein umsichtiger Mann, sehr erfahren und angesehen. Wie kommen Sie darauf, zweifeln Sie an seiner Aussage?"

„Nein das nicht, aber gerade seine Erfahrung im Umgang mit Abhängigen sagt mir das er etwas beobachtet hat was er sich selbst nicht erklären kann. Denn er hatte nicht den Eindruck, dass Jankov zu diesem Zeitpunkt da oben auf dem Dach unter Drogen stand. Das macht mich stutzig, warum sollte der sich hinunterstürzen? dafür gibt es keinen plausiblen Grund. Laut Scheller sterben Drogenabhängige eher daran, dass sie sich eine Überdosis setzen, oder ihre Organe gehen kaputt. Und mit wem hat Jankov so erregt telefoniert kurz vor dem Sturz? Das müssen wir herausfinden."

Er antwortete wieder mit diesem Lächeln:

„Sie sollten Frank das überlassen. Ich werde vorsichtshalber den Staatsanwalt informieren damit wir eine Handhabe für weitere Ermittlungen bekommen, wenn diese denn erforderlich sind. Ich habe hier noch die Sache mit dem Toten im Sperrmüll. Der Bericht von der Rechtsmedizin ist gekommen, Fred hat seine bisherigen Ermittlungen zusammengefasst, das sieht mir eher nach einem „Fall" aus."

Lydia nahm die Akte entgegen und zog sich in ihr Büro zurück. Trotz des Einwandes von Schwarzer rief sie Scheller an und fragte ihn:

„Sagen Sie, sind Sie soweit das wir auf den Dachboden gehen können, ich möchte mir das mit Ihnen zusammen genau ansehen."

Scheller war bereit, sie trafen sich kurz danach vor dem Haus und gingen hinauf. Oben angekommen zögerte er ein wenig, überwandt sich dann aber und ging ihr voraus. Er versuchte so gut wie möglich die Situation darzustellen, wirkte allerdings ziemlich unkonzentriert. Er schüttelte immer wieder mit dem Kopf und murmelte vor sich hin.

Lydia erkannte schnell dass das Ganze nicht viel Sinn hatte und schlug vor die Sache zu beenden.

Scheller war heilfroh und machte gleich kehrt, ihm ging es augenscheinlich nicht sehr gut. Sie begleitete ihn noch bis zu seinem Büro, suchte danach den Arzt der Schellers Wunde versorgt hatte auf und bat den sich um ihn zu kümmern. Was stimmte nicht mit Scheller? So kannte sie ihn nicht. Vielleicht konnte man das vorerst auf die Erlebnisse und seine Verletzung schieben.

Sie nahm sich den Bericht Grünerts vor. Der Rechtsmediziner war nach den Ereignissen mit ihrem verstorbenen Partner, zu einer Vertrauensperson für sie geworden. Sie schätze diesen Mann sehr. Dann rief sie Fred zu sich, und ließ sich vom ihm den Fall schildern. Fred war ein hervorragender Ermittler er hatte einiges herausfinden können.

Vor zwei Tagen hatten Mitarbeiter der hiesigen Müllentsorgungsfirma eine etwa dreißigjährige männliche Leiche im Sperrmüll gefunden. Den Männern war beim Abtransport der Möbelstücke aufgefallen, dass ein Küchenspülenunterschrank ungewöhnlich schwer war. So entdeckten sie den Toten in diesem Schrank versteckt. Nach seinen Recherchen hatte der Tote selbst die Sperrmüllabholkarte ausgestellt. Gefunden wurden bei ihm nur die Schlüssel zu seiner Wohnung und zu dem Haus. Es war eines dieser Hochhäuser im benachbarten Stadtteil, nicht gerade die beste Gegend.

Allerdings gab es einen Pförtnerdienst und Teile des Hauses und der näheren Umgebung waren videoüberwacht. Mit einem dieser modernen Überwachungssysteme bei der die Bilder auf eine Festplatte gespeichert werden. Beim ersten Ansehen der Aufnahmen für den infrage kommenden Zeitpunkt konnte aber bisher nichts Verdächtiges festgestellt werden. Die Pförtnerloge war nicht rund um die Uhr besetzt. Auch aus der Mitbewohnerschaft hatte niemand etwas Auffälliges bemerkt.

„Sag mal, Fred hast du den Bericht von Grünert schon gelesen?"
Fred holte tief Luft.

„Ja, hab ich, ziemlich ungewöhnlich die Sache. Wenn einer mit Sicherheit eine Todesursache genau feststellen kann, dann ist das Grünert, der lässt niemals locker. Es ist das erstemal das ich in einem seiner Berichte lese: – Todesursache: multiples Organversagen, Ursache vorerst unbekannt –. Er hat Analysen vom Bundeskriminalamt angefordert."
Sie sahen einander schweigend an, Lydia fragte weiter:

„Gibt es denn schon ein Ergebnis von der Spurensicherung. Haben die schon herausgefunden wie und wann der Mann in diesen Schrank gekommen ist. Noch in der Wohnung oder erst an der Straße? Wenn das zutrifft, dann hätte der Täter sicher ein Transportproblem gehabt."
Fred antwortete nicht gleich er runzelte die Stirn:

„Da war etwas, in der Wohnung hat die Spurensicherung Eindrücke auf dem Teppichboden gefunden. Die könnten von einem Rollwagen oder von einem Transportbrett stammen, die Dinger kann man in jedem Baumarkt kaufen. Ein ähnliches Gerät ist aber nicht gefunden worden, vielleicht sollten wir die Gegend draußen noch mal absuchen."
Lydia blickte Fred lange eindringlich an, er war in letzter Zeit zu einem ihren engsten Vertrauten geworden. Einen Vorschlag von ihr er solle ihr Partner werden hatte er abgelehnt.

Sie hatte lange darüber nachgedacht warum er das getan hat, akzeptierte aber seine Entscheidung. Er hatte das auch begründet:

„– Es wäre nicht gut für sie beide, wenn sie sich zu nahe kommen würden –."

„Gut, dann veranlasse das die Gegend um das Haus herum gründlich abgesucht wird. Wir müssen uns dann noch einmal die Wohnung des Mannes ansehen und mehr über sein Umfeld und seine Lebensgewohnheiten erfahren. Komisch, in den letzten Monaten ist kaum etwas passiert, und jetzt haben wir es gleich mit zwei Fällen innerhalb von ein paar Tagen zu tun. Ich hoffe nur – der Verrückte vom Dach – erweist sich nicht als Fall."
Fred lachte.

„Schön das du deinen Humor wiedergefunden hast, du weißt sicher wie sehr wir dich hier brauchen."
Für einen Moment stieg ein wohliges Gefühl in ihr hoch. Wie gut ihr das tat so etwas zu hören, wollte sich aber nichts anmerken lassen und wandte sich ab. Doch Fred hatte ihre Regung wohl bemerkt, lächelte und verließ ohne eine weitere Bemerkung den Raum.
So hatte sie einen Augenblick um sich zu entspannen, ihre Gedanken schweiften ab. Urlaub das wäre mal was, aber mit wem? Vielleicht sollte sie sich einmal mit dem kleinen Redakteur unterhalten, der konnte ihr sicher einen guten Rat geben.
Sie wurde durch das Klopfen an ihrer Tür unterbrochen, Frank lugte durch den Spalt, er schien ziemlich angespannt zu sein. Sie winkte ihn herein.

„Eins vorweg Frank, Sie räumen heute noch ihren Schreibtisch drüben und richten sich hier ein. Wenn Ihnen der hier von Rene nicht gefällt, schmeißen Sie den raus und bringen Ihren eigenen mit, ich bin Lydia."

Sie hatte sich erhoben und gab ihm die Hand.

Frank war total perplex und konnte nichts sagen, er hielt ihre Hand viel zu lange fest und brachte nur ein „danke..." hervor. Lächelnd zog sie ihre Hand zurück.

„Nun, wie ist es gegangen was hast du herausbekommen?"

Er war immer noch wie benommen, nahm sich dann aber zusammen und begann mit seinem Bericht.

Der Mann den er befragt hatte, war gegen Mittag gerade nach Hause gekommen und wollte wegen der großen Hitze an diesem Tag die Jalousien an den Fenstern zur Straße hin herunterlassen. So bemerkte er den Menschenauflauf und den Mann auf dem Dach. Erst traute er seinen Augen nicht, als er dann sah, dass der Ziegel herausriss und auf die Straße warf rief er sofort die Polizei. Die dachten zuerst er wolle sie veralbern waren dann aber doch schnell vor Ort. Er hatte von seinem Fenster aus einen guten Überblick, auch auf die Menschenmenge die sich in der Zwischenzeit dort versammelt hatte. Seiner Meinung nach hatte sich der Mann mit Absicht hinuntergestürzt. Denn vorher saß der ziemlich stabil auf den First des Hauses, er hatte sich mit den Beinen an den nach unten führenden Dachlatten festgeklammert.

„Genau das hat Scheller auch beobachtet, aber weiter was gibt es noch?"

Frank hatte seine Notizen hervorgekramt und fuhr fort:

„Ja, jetzt kommt's, er hat die Leute auf der Straße genau beobachtet. Dabei ist ihm jemand aufgefallen der abseits der Menge, etwa am Anfang der Seitenstraße stand. Er wunderte sich, weil dieser Mann trotz der Hitze einen langen Sommermantel trug. Außerdem hat er beobachtet das der Mann ein Handy am Ohr hatte und nur gelegentlich zu dem Dach hinauf sah. Kurz vor dem Sturz ist er dann in Richtung Bahnhof fortgegangen. Er fand das ungewöhnlich, weil doch alle darauf gespannt waren wie das Ganze ausgehen würde."

„Das könnte natürlich auch der Reporter des regionalen Radiosenders gewesen sein, das müssen wir sofort herausfinden."

Frank schüttelte den Kopf.

„Das glaube ich nicht, warum sollte der denn vor Ende der „Vorstellung" gegangen sein. Der wollte doch seinen Sensationsreport, und wir haben doch auch bei Scheller noch die Reportage gehört. Nein, das kann nicht sein."

Sie lächelte ihr Gegenüber an.

„Frank, genau so habe ich mir unsere Zusammenarbeit vorgestellt, gute Schlussfolgerung. Trotzdem, ruf bei dem Sender an und vereinbare ein Gespräch mit dem Reporter. Und, der soll gefälligst hier antanzen, so schnell wie möglich. Was ist mit dem Handy, schon ein Ergebnis? Warte ich ruf den Kollegen der Kriminaltechnik zu uns."

Bisher hatten die herausgefunden, dass als Halter des Handy, von dem aus der Mann auf dem Dach angerufen worden war, eine alte Dame aus einer nicht weit entfernten Altenpension registriert ist. Das Handy des Toten ist auf den Namen eines Mannes eingetragen, der zurzeit eine Haftstrafe verbüßt. Lydia machte sich eine Notiz.

– Wieder Übereinstimmung mit der Aussage Schellers –.

Die anderen auf dem Gerät gespeicherten Anrufe waren nicht weiter von Bedeutung. Sie fragte den Kollegen noch ob sie auf dem Dachboden irgend etwas Aufregendes gefunden hätten. Der verneinte das mit dem Hinweis, dass die Untersuchungen noch nicht vollständig abgeschlossen seien, damit war er entlassen. Frank stand schon an der Tür, er wollte so schnell wie möglich seinen Schreibtisch ausräumen um Lydias Wunsch nach zu kommen. Über den Tisch von Rene machte er sich keine Gedanken. Sie hielt ihn zurück:

„Ich glaube Frank, wir haben es jetzt, nachdem was du herausgefunden hast, doch mit einem Fall zu tun, dazu kommt noch der Mann aus dem Sperrmüll. Es wird viel zu tun geben. Richte dich auf Überstunden ein, oder wartet jemand auf dich zu Hause oder so."

Er stand da wie angewurzelt und stotterte heraus:

„Nein, auf mich wartet keiner, ich..."

Weiter kam er nicht. Sie lachte wieder.

„Na, nun mach schon, hol deine Sachen."

Lydia fühlte sich gut, es war das erste Mal seitdem sie die Arbeit wieder aufgenommen hatte, dass es ihr so gut ging.

Schwarzer schaute kurz herein lächelte sie an und nickte mit dem Kopf. Sie verstanden sich ohne etwas sagen zu müssen, er wusste sie war wieder - ganz angekommen -!

Sie sortierte das bisher Geschehene und entschied dass Frank sich vorerst mit den weiteren Ermittlungen in dem Fall des „Mannes auf dem Dach" befassen sollte.

Sie würde sich um den „Toten im Sperrmüll" kümmern.

Während Frank damit beschäftigt war den Schreibtisch einzuräumen nahm sie sich den Bericht von Fred noch einmal vor. Ein Anruf unterbrach sie. Es war Scheller der nachfragte ob sie sich treffen könnten er müsste einiges loswerden. Sie sagte sofort zu. Vielleicht hatte er sich ja jetzt gefangen und sie konnte bei der Gelegenheit Näheres erfahren. Sie packte ihre Sachen zusammen und verabschiedete sich von Frank mit einem:

„Machs gut, wir sehen uns morgen."

4

Sie trafen sich in dem kleinen Cafe am Hafen, dort wo die Lesum in die Weser mündet. Für sie war das einer der schönsten Plätze hier in Vegesack. Von dort aus konnte sie schnell zu ihrer Wohnung in der Rohrstraße oder über die Strandpromenade in den Stadtgarten gehen. Hier hatte sie so gern und oft mit Rene die Abende verbracht. Bis heute hatte sie es vermieden diesen Ort aufzusuchen. Selbst der kleine Redakteur, ihr bester Freund konnte sie nicht dazu bringen mit ihm in dieses Cafe zu gehen. Auf einmal wurde ihr bewusst, dass sie jetzt die Last der Vergangenheit abgeworfen hatte. Für einen Augenblick kamen Zweifel, aber dann sagte sie sich das es so richtig war.

Scheller war schon da, er saß zusammengesunken in einer Ecke, so als wolle er sich verstecken und sah nicht gerade fröhlich aus. Das riesige Pflaster auf seiner Wange verstärkte diesen Eindruck noch.

Sie setzte sich zu ihm, die Bedienung war ihr bekannt und begrüßte sie freundlich.

„Schön das Sie mal wieder zu uns gekommen sind Frau Brock, das freut uns alle hier sehr."

Kein Wort über Rene. Davor hatte sie auch Angst gehabt, dass die Leute sie darauf ansprechen würden, es war gut so.

Sie bedankte sich für die freundliche Aufnahme und gab ihre Bestellung auf. Scheller hatte einen Riesenbecher Eis vor sich, der aber schon fast ganz zusammengeschmolzen war. Sie wandte sich ihm zu, und sah in glanzlose matte Augen, um seine Mundwinkel hatten sich tiefe Kerben eingegraben. Sie war erschrocken wie schlecht er aussah und beschloss behutsam mit ihm zu sein. Fast hätte sie seine Hand genommen um ihn zu trösten, ließ es dann aber doch. Das wäre zu vertraulich gewesen und wohl auch falsch bei ihm angekommen.

„Nun Klaus, was gibt es, was bewegt Sie? Da liegt doch etwas schwer auf Ihrer Seele, nur zu ich habe Zeit."

Er schob seinen Eisbecher zur Seite, legte die Hände aneinander und begann:

„Wissen Sie, Lydia, ich darf doch...?"

Sie lächelte und nickte ihm aufmunternd zu. Er sagte dann sichtlicht erleichtert:

„Ich bin hier in diesem Stadtteil aufgewachsen und habe die ganze Entwicklung genau beobachtet, wie sich alles verändert hat im Laufe der letzten vierzig Jahre. Der Ort ist schöner geworden, man hat viel investiert. Nur leider an den Menschen vorbei, ich..."

Lächelnd unterbrach sie ihn:

„Ja, ich muss Ihnen zustimmen auch ich fühle mich sehr wohl. Ich habe einen sehr schönen Blick auf den Fluss von meiner Wohnung aus, und hier unten am Hafen ist alles neu. Aber was meinen sie damit, an den Menschen vorbei investiert?"

Jetzt zeigte sich endlich wieder ein Lächeln auf seinem Gesicht.

„Wie lange wohnen und arbeiten Sie jetzt hier, Lydia, etwa seit zwei Jahren? Wann wollten Sie das letzte Mal in ein Kino gehen, oder ins Theater, gibt es hier nicht! Oder mal mit Freunden ausgehen, tanzen oder so was, gibt es hier nicht! Sie müssen immer in die Stadt fahren und das tun sie eigentlich viel zu selten, stimmt's?"

Nach einer kleinen Pause in der er seinen Eisbecher wieder zu sich heranzog fuhr er fort:

„Ich mache diese Arbeit jetzt seit dreißig Jahren. Es hat mir immer Spaß gemacht, weil ich überzeugt davon war und auch immer noch bin etwas bewirken zu können. Menschen in ihrer Not zu helfen, Leben neu zu ordnen, etwas wirklich Sinnvolles zu tun. Anfangs hatten wir auch große Unterstützung, aber das hat sich im Laufe der Jahre nicht weiter entwickelt wir sind mehr und mehr auf uns allein gestellt. Die Gesellschaft hat uns nicht unterstützt, so wie es erforderlich gewesen wäre. Wir sind auf das Engagement unserer Mitarbeiter angewiesen. Und heute sieht es ganz schlimm aus, die Kassen sind leer wir müssen um jede halbe Stelle kämpfen. Und es sind ja nicht weniger Betroffene da um die wir uns kümmern müssen. Im Gegenteil es werden immer mehr, von Jahr zu Jahr."

Lydia hatte aufmerksam zugehört und wollte mehr wissen, deshalb ermunterte sie ihn fortzufahren. Scheller winkte ab:

„Ich bin müde geworden und der Vorfall heute lässt mich nicht los. Ich habe das auch im Zusammenhang mit diesem Ereignis gesagt. Denn, wenn ich mich mehr um Jankov gekümmert hätte, wäre das vielleicht nicht geschehen."

„Aber Klaus, es ist doch nicht Ihre Schuld das der Jankov sich vom Dach gestürzt hat. Das müssen Sie sich nicht anlasten, niemand konnte vorhersehen was passiert ist."

Er hob beide Hände, drehte diese nach außen und sagte:

„Sehen Sie, ich arbeite nicht mit meinen Händen, sondern mit dem Kopf und dem Herzen. Ich muss die Menschen in ihren schwierigen Situation erreichen und das geht nur wenn ich Zeit für sie habe. So war es auch mit Jankov, ich hatte ihm vor ein paar Wochen die Aufnahme in das Methadonprogramm abgelehnt. Danach habe ich ihn nicht mehr zu Gesicht bekommen, ich hätte mich darum kümmern müssen was er so treibt."

Sie wollte etwas erwidern, aber er sagte:

„Lassen sie mich das zu Ende bringen. Dann kommen wir auch auf den Punkt über den ich nachgedacht habe. Einige meiner „Patienten" haben mich danach gefragt, ob ich wüsste, das eine neue Droge auf dem Markt ist. Sie hätten aus der Szene Gerüchte gehört, aber niemand konnte herausfinden was dran war. Ich hätte dem mehr Aufmerksamkeit widmen müssen."

Jetzt ließ Lydia sich nicht mehr zurückhalten.

„Aber heute gibt es doch ständig neue Drogen. Die jungen Leute sind doch ganz verrückt darauf immer etwas Neues auszuprobieren, und Personen die damit handeln wird es immer geben, das ist kaum zu unterbinden?"

„Ja, das stimmt, aber das ist ja das Problem wir müssen immer auf dem Laufenden sein. Das war ich in diesem Fall nicht, deshalb bin ich mitschuldig."

Lydia wusste jetzt auch nicht mehr was sie noch sagen sollte.

„Wie kann ich Ihnen denn helfen, anhand dessen was wir bisher wissen kann ich auch nicht sagen ob das ein Unfall oder Selbstmord war. Und egal wie, ich wüsste nicht wie Ihnen das so oder so weiterhelfen könnte."

Er sah sie von unten heraus an und überlegte ob es nicht zu weit führen würde, wenn er sich weiter einmischte.

„Ich möchte das Sie mir helfen, weiß aber nicht genau ob ich das was ich mir ausgedacht habe von Ihnen verlangen kann. Vielleicht kann ich mit Ihrer Hilfe mehr erfahren über das was Jankov zuletzt so gemacht hat während des Tages, ich meine sein Umfeld untersuchen. Ihr habt da doch mehr Möglichkeiten."

Sie überlegte einen Moment ob sie ihre Kompetenzen überschreiten würde, wenn sie ihm ihre Hilfe zusagte. Doch dann kann wieder dieses Gespür für das Unvorhergesehene, und sie ging auf seinen Vorschlag ein.

„Gut, ich werde meinen Mitarbeiter bitten Sie bei seinen Ermittlungen mit einzubeziehen. Sie müssen dann aber flexibel sein und sich nach seinen Terminen richten. Als erstes wird er sich die Wohnung des Toten ansehen, dort können Sie dann dabei sein. Ich muss mich vorrangig um den toten Mann im Sperrmüll kümmern." Scheller wurde noch blasser als er schon war.

„Der Tote im Sperrmüll!

Ich habe davon in der Zeitung gelesen, ich kenne den Mann. Der hat mit Jankov zusammen an einer stationären Therapie teilgenommen, und beide waren danach zur Nachsorge bei uns in Behandlung. Auch den habe ich, genau so wie Jankov, seit ein paar Wochen nicht mehr gesehen."

Jetzt war es an Lydia überrascht zu sein, sollte sich da etwas zusammenreimen? Scheller bemerkte ihre Reaktion sofort.

„Hey was ist mit Ihnen, Lydia sind Sie sprachlos?"

„Entschuldigung, aber ich muss meinen Mitarbeiter anrufen, der soll sofort einen Durchsuchungsbeschluss für die Wohnung in der Jankov gelebt hat beschaffen. Ich glaube jetzt da fügt sich etwas zusammen, weiß zwar noch nicht wie und warum, aber ich handele jetzt intuitiv."

Er hatte sich zurückgelehnt und betrachte sie aufmerksam, er war sehr beeindruckt. Und dachte bei sich:

„Mann! Was für eine Persönlichkeit!"

„Wieso brauchen Sie einen Durchsuchungsbescheid der Mann ist doch tot?"

„Den brauche ich, weil Sie mir doch gesagt haben das die Wohnung in der Jankov zuletzt gelebt hat von dem Freund angemietet ist der zurzeit eine Haftstrafe absitzt. Dann brauchen wir diesen Beschluss oder die Einwilligung des Mieters, wissen Sie wer das ist?"

Er verneinte das, er kenne nur den Namen. Sie verabschiedeten sich und Lydia freute sich auf ihr Zuhause.

5

Am nächsten Morgen machte sie sich mit Fred zusammen auf den Weg in die Wohnung des Toten aus dem Sperrmüll. Fred hatte einen Mitarbeiter der Wohnungsbaugesellschaft von ihrem Kommen unterrichtet. Der war gut vorbereitet und erwartete sie schon, im Schlepptau den Pförtner der am diesem Tag Dienst hatte. Lydia wies die beiden Männer daraufhin, dass alles was sie mit einander zu besprechen hatten, absolut nicht weitergeben werden durfte. Dann ließ sie sich die Überwachungsanlage des Hauses vorführen, und verschaffte sich einen Überblick über die Gegebenheiten im Gebäude. Außer dem Haupteingang, den der diensthabende Pförtner von seiner Loge aus direkt einsehen konnte, gab es vier weitere Eingänge die ins das Haus führten und videoüberwacht waren. Auch in den Fahrstühlen und der Eingangshalle sowie in den Kellergängen waren Überwachungskameras installiert. Für die Bewohner bestand noch die Möglichkeit die einzelnen Etagen über das Treppenhaus zu erreichen, das jedoch nicht videoüberwacht war. Allerdings konnte das Haus nicht ungesehen über diesen Weg verlassen werden, weil die Ausgänge überwacht wurden. Danach ließen sie sich das Gebäude von innen genau zeigen. Sie war überrascht, alles war sehr ordentlich und sauber, und die beiden Männer von der Gesellschaft sehr kooperativ. Sie beantworteten alle Fragen geduldig und sehr ausführlich.

In dem Zimmer des Toten sahen sie deutlich die Abdrücke in dem Teppichboden, die Fred in seinem Bericht erwähnt hatte. Diese Spuren waren ganz frisch, sie führten von der halb ausgeräumten Küche über den Flur bis zu der Wohnungstür.

„Es sieht ganz danach aus dass der Tote hier in der Küche in den Unterschrank gelegt worden ist, sonst wären die Eindrücke im Teppichboden nicht so deutlich sichtbar."

Fred war auf die Knie gegangen und legte seinen Finger in die Spur. Für Lydia war das schon klar als sie die Eindrücke gesehen hatte. Sie hatte auch schon eine Vorstellung davon wie das hier abgelaufen sein könnte:

„Weißt du Fred für mich ist das eindeutig, der Mann wurde hier in der Küche in den Schrank gelegt und dann damit heraus transportiert."

„Aber wie ist der Täter, oder der, der ihn in den Schrank gelegt hat gelegt hat damit unbemerkt durch das Haus bis zu dem Platz an dem der Sperrmüll aufgestellt wird gekommen. Wir sollten noch einmal auch mit den anderen Pförtnern reden. So wie ich das hier sehe kommt doch an denen kein Fremder vorbei. Vielleicht ist denen etwas aufgefallen das uns weiterhilft."

Fred schüttelte den Kopf:

„Aber es gibt eine Schwachstelle in dem Überwachungssystem. Die Rampe, die von dem Raum in dem der Container unter dem Müllschlucker steht zu dem Gang nach draußen führt, ist nicht überwacht."

Sie stutzte:

„Du glaubst doch nicht das der Tote durch den Müllschlucker von hier aus dem zehnten Stockwerk nach unten gebracht worden ist, der ist doch viel zu eng."

„Das sieht nur von außen so aus weil, die Verkleidung mit der Klappe dort angebracht ist. Die kann abgeschraubt werden dann hast du ein Rohr von ca. fünfzig Zentimetern im Durchmesser zur Verfügung, und dann wäre das durchaus möglich."

„Wir müssen alles hier noch einmal genau von der Spurensicherung untersuchen lassen, auch den Müllschlucker. Sie hatte schon das Telefon am Ohr und ordnete an dass die Männer sofort anfangen und alles auf den Kopf stellen. Sie war sicher hier in dieser Wohnung war der Schlüssel zu dem was sie suchten versteckt. An Fred gewandt wischte sie sich mit dem Zeigefinger über die Stirn so, als wenn sie einen Schweißtropfen fortwischen würde.

„Ich sehe keine andere Möglichkeit, die Knochenarbeit beginnt jetzt, wir müssen alle Mitbewohner befragen! Fang du schon an hier nach Hinweisen zu suchen die uns eine Verbindung des Toten zur Außenwelt aufzeigen können. Ich rede noch mal mit dem Mann von der Gesellschaft, der muss uns die anderen Pförtner ranholen."

Fred begann mit seiner Arbeit, er konnte sich ein Schmunzeln nicht verkneifen.

„Lydia ist wieder voll bei der Sache, so wie sie schon wieder rumkommandiert."

Bei Ihrem Gespräch mit dem Mann von der Gesellschaft erfuhr sie dann, dass es nicht so einfach sein würde alle Pförtner gleichzeitig zusammen zu bekommen. Weil diese in drei Schichten arbeiteten, so sollte sichergestellt werden das die Loge rund um die Uhr besetzt sein konnte. Wenn jemand ausfiel wurde eine Schicht gestrichen, dann kam es schon mal vor das nachts niemand anwesend war. Vorrangig wurde aber immer versucht die Loge tagsüber besetzt zu halten. Und wie sie vermutete hatte mussten Besucher die zu den Bewohnern wollten beim Pförtner nachfragen, wenn diese nicht über die Gegensprechanlage die Eingangstür geöffnet hatten. So sollte verhindert werden, dass Fremde nicht unbemerkt in das Haus gelangen konnten. Ob das immer so konsequent wie von der Hausverwaltung beabsichtigt eingehalten wurde konnte er nicht genau beurteilen. Aber sie hatten bei der Auswahl der Leute darauf geachtet das diese zuverlässig waren. Lydia bestand darauf das die infrage kommenden Personen so schnell als möglich zu dem Haus kämen. Sie wollte alle hier vor Ort haben und heute noch befragen. Der Mann von der Gesellschaft wand sich und wies daraufhin das dadurch der Besetzungsplan durcheinander geworfen würde. Sie antwortete, wobei ihr Ton schärfer wurde:

„Wir sind von der Mordkommission und ich denke Sie und Ihre Gesellschaft sind auch daran interessiert das wir das hier schnell zu Ende bringen, in einer Stunde sind die Leute hier!"
Er holte tief Luft als wollte er etwas erwidern, beeilte sich dann aber ihrer Aufforderung nachzukommen.
Sie machte sich auf den Weg zu der Wohnung in der Fred nach Unterlagen suchte. Dabei benutzte sie den Fahrstuhl und es fiel ihr auf, dass der Mann der jetzt mit hinauf fuhr auch vorhin, als sie hinunter gefahren war im Fahrstuhl war. Der Mann sah sie immer wieder von der Seite her an, als wollte er sie ansprechen sich aber nicht traute. Sie nahm die Gelegenheit sofort war und fragte ihn:

„Wohnen Sie hier im Haus, und wenn ja in welchem Stockwerk und wer sind Sie?"
Der Mann zuckte zusammen und brachte nur stockend hervor, dass er sich vorgenommen habe sie anzusprechen. Er sei aber nicht sicher ob er mit seiner Vermutung Recht habe, dass sie wegen des Toten aus der zehnten Etage hier sei. Sie sähe überhaupt nicht aus, als wenn sie von der Polizei käme. Ihr war sofort klar dass sie es mit einem Zeugen, der etwas bemerkt haben könnte zu tun hat:

„Ich bin von der Mordkommission wir ermitteln in diesem Fall. Wollen Sie mir etwas sagen? dann warten sie bitte einen Moment."

Sie informierte Fred dass sie den Mann gleich befragen würde und fuhr mit diesem wieder nach unten. Der Pförtner stellte einen Raum zur Verfügung, in dem sie ungestört waren. Nachdem der Mann Platz genommen hatte wischte er sich dauernd die Hände an seiner Hose ab. Schweißperlen bildeten sich auf seiner Stirn. Lydia sah ihn eine Weile fragend an. Ihr Gegenüber machte den Eindruck, als wolle er am liebsten aufspringen und fortlaufen.

„Sie haben meine Fragen noch nicht beantwortet. Wohnen Sie hier im Haus und wie heißen Sie?"

Der Mann holte ein Taschentuch hervor wischte sich über das Gesicht und begann zögernd:

„Ich weiß nicht ob es richtig war hierher zu kommen. Ich wohne nicht hier, sondern in dem Block am Ende der Straße."

Sie unterbrach ihn, ihr Ton wurde schärfer:

„Und wie kommen Sie ins Haus?"

Er hob abwehrend seine Hände und stotterte los:

„Meine Eltern wohnen hier, ich kümmere mich um die beiden. Die Pförtner wissen das und lassen mich rein, außerdem habe ich einen Schlüssel für den Notfall. Die Sache mit dem Toten hat sich schnell herum gesprochen und jetzt auch, das jemand da ist, der Fragen stellt."

Lydia schüttelte mit dem Kopf, woher wusste denn die ganze Nachbarschaft das sie hier waren, bat ihn aber fortzufahren.

„Und was wollen Sie sagen, kannten Sie den Mann?"

Wieder wischte er sich das Gesicht ab und rutschte auf seinem Stuhl hin und her. Das hatte er sich einfacher vorgestellt, begann dann aber endlich:

„Nein, ich kannte den Mann, der jetzt tot ist nur vom Sehen. Aber ich gehe jeden Morgen mit dem Hund raus und da ist mir aufgefallen, dass einer Sperrmüll rausgestellt hat. Ich kannte den nicht, aber hier wird ja dauernd ein- und ausgezogen, deshalb habe ich mir nichts dabei gedacht. Nur als ich dann in der Zeitung gelesen habe das der Tote im Sperrmüll hier aus dem Hause sein soll."

Er machte eine Pause knautschte sein Taschentuch und wischte sich wieder damit den Schweiß von den Händen und fuhr fort:

„Da dachte ich da stimmt doch irgendwas nicht. Ich wollte mich schon bei der Polizei in Blumenthal melden, aber meine Frau hat gesagt ich soll mich da raushalten. Sie wollte damit nichts zu tun haben, das gäbe nur Ärger, hat sie gesagt."

Lydia beugte sich zu ihm hinüber, sah ihn eindringlich an und fragte:

„Und warum haben Sie sich da nicht rausgehalten, wenn Ihre Frau das doch so wollte. Warum schleichen Sie hier herum, ist es Neugierde oder machen Sie sich Sorgen um ihre Eltern?"

Der Mann zuckte zurück, setzte sich gerade auf und blickte erstaunt zu ihr hinüber. Er war total verunsichert, so eine hübsche junge Frau die sollte Kommissarin sein? Aber irgendwie spürte er dass er Vertrauen haben konnte und wurde sicherer.

„Ich habe nachgedacht und bin der Meinung, dass man schnell wissen muss ob das ein Verbrechen war. Bisher habe ich mich nicht getraut, aber jetzt wo Sie hier sind kann ich es ja sagen."

„Was können Sie denn jetzt sagen?"

„Ich kann den Mann genau beschreiben der Sperrmüll rausgestellt hat. Es war 6.30 Uhr, bis um sieben muss Sperrmüll an der Straße stehen, dann kommen die von der Entsorgungsfirma."

Lydia zwang sich ruhig zu bleiben und ermunterte den Mann lächelnd weiter zu machen. Der richtete sich auf und verkündete stolz:

„Und jetzt wollen sie wissen wie der Mann aussah?"

Sie nickte nur, ihr Gegenüber fuhr fort:

„Er war groß, über einsachtzig, ca. dreißig bis fünfunddreißig, ziemlich blass im Gesicht, eher braune Haare kurz geschnitten, und er trug einen Mantel, helle Farbe. Ich dachte noch der versaut sich doch den Mantel, so wie der geackert hat. Auch war es schon sehr warm an diesem Morgen, das war schon komisch."

Sie musste sich zusammenreißen um nicht los zu laufen oder zum Telefon zu greifen. Kann es denn sein das es sich hier, bei der Beobachtung des Mannes am Fenster in der Breiten Straße, und dem hier beim Sperrmüll um ein- und dieselbe Person handelte. Der Zeuge sah sie an, als erwarte er von ihr ein Sonderlob.

Sie lächelte und sagte:

„Was wird ihre Frau sagen, wenn ich Sie bitte mit ins Revier zu kommen? wir müssen ein Phantombild anfertigen. Dort haben wir Spezialisten die machen das ganz schnell am Computer."

Sie wollte dieses Bild sofort, deshalb ließ sie dem Mann keine Zeit zum Überlegen, informierte Fred von ihrem Vorhaben und wandte sich wieder an ihren Zeugen.

„Nun kommen Sie, wir müssen los die Spezialisten warten schon."

Er war zu überrascht um sich zu sortieren, willigte ein und sie machten sich auf den Weg. Am Haupteingang hielt der Mitarbeiter von der Gesellschaft sie zurück.

„Sie wollen wegfahren? Ich habe alle Pförtner erreicht, die sind in einer halben Stunde hier."

Sie musste sich entscheiden Phantombild, oder Pförtner befragen. Schnell war ihr klar was Vorrang hatte, sie rief Fred an und bat ihn die Sache mit den Pförtnern alleine zu machen. Zu dem Mann von der Gesellschaft sagte sie:

„Das übernimmt mein Kollege, sagen Sie dem Bescheid wenn die Leute hier sind. Ich melde mich wieder bei Ihnen, und sorgen Sie dafür das hier nicht so viele Leute rumstehen."

Von unterwegs rief sie Frank an und fragte nach der genauen Adresse des Beobachters aus der Breiten Straße. Sie hatte vor den Mann gleich nach Fertigstellung des Bildes aufzusuchen. Denn sie war sicher dass es einen Zusammenhang gab. Frank gab ihr die Adresse und wies darauf hin dass er seinen Bericht über die Befragung des Mannes in die Akte gelegt habe, mit den Ergänzungen über seine Lebensgewohnheiten. Sie war freudig überrascht, lieferte ihren Zeugen bei den Kollegen ab und sagte denen worauf es ihr ankam.

Auf ihrem Schreibtisch lag eine Notiz von Schwarzer.

„Der Staatsanwalt will in der Sache – Mann auf dem Dach –, einen vorläufigen Bericht, bevor er weiteren Ermittlungen zustimmt, entscheiden Sie selbst."

Sie nahm den Zettel und legte ihn in die Akte. Der Staatsanwalt war in ihren Augen ein Erbsenzähler, der immer wieder versuchte ihr und den Kollegen seinen Arbeitsstil aufzudrücken, aber keiner kümmerte sich groß darum. Auch wusste sie das Schwarzer voll hinter ihr stehen würde, wenn sie jetzt mit den Ermittlungen weitermachte, auch ohne einen vorläufigen Bericht und die Erlaubnis des Staatsanwaltes.

Sie ging rüber zu dem Kollegen der dabei war das Foto anzufertigen. Ihr Zeuge war dabei Details anzugeben, er war konzentriert bei der Sache und offenbar ein guter Beobachter, denn es war ein gutes Bild entstanden. Er war richtig stolz auf das Ergebnis und blickte Lydia fragend an, als erwarte er ein Lob von ihr. Sie nahm ihn zur Seite er sollte sein Lob haben, und sie wollte einen guten Zeugen. Also bedankte sie sich bei ihm:

„Das haben Sie toll gemacht, Sie sind mein wichtigster Zeuge, und wenn Ihre Frau fragt, wo Sie so lange waren, dann erzählen Sie ihr nur alles ganz genau. Dann wird sie ihre Meinung ändern, dass die Zusammenarbeit mit der Polizei nur Ärger bringt. Der Kollege wird Sie nach Hause fahren, wir melden uns wieder bei Ihnen."

6

Gespannt darauf ob ihre Vermutung richtig war machte sie sich auf den Weg zu dem Beobachter in der Breiten Straße. Sie hoffte sehr ihn auch anzutreffen, denn telefonisch hatte sie ihn nicht erreicht. Aber seine Frau hatte gesagt dass er nur kurz außer Haus gegangen sei.

Auf dem Platz vor dem Haus sah es jetzt wieder so aus, als wenn nichts passiert wäre. Die Linienbusse fuhren wieder. Nur noch vereinzelt standen Leute in kleinen Gruppen zusammen und sprachen miteinander, wobei sie immer wieder zu dem Haus hinaufsahen auf dem der Mann gesessen hatte.

Sie hatte Glück der Mann war zu Hause. Freundlich bat er sie herein und führte sie an das Fenster von dem aus er seine Beobachtungen gemacht hatte. Tatsächlich konnte man von hier aus den gesamten Bereich gut überblicken. Er öffnete das Fenster und sagte:

„Ich habe mir schon gedacht, dass Sie oder ihr Kollege noch einmal kommen würden. Ich muss meine Aussage doch sicher auch zu Protokoll geben, oder?"

Lydia stellte sich neben ihn und sie blickten gemeinsam auf das gegenüberliegende Haus. Der Mann fing gleich an alles das was er

Frank schon gesagt hatte aufzuzählen. Sie ließ ihn gewähren und hakte nur beiläufig ein, wenn sie etwas genauer wissen wollte. Dann sah sie ihn direkt an, der Mann war immer noch ziemlich aufgeregt. Sie holte das Phantombild hervor und zeigte es ihm.

„Glauben sie, dass das der Mann in dem hellen Mantel sein könnte?"

Gespannt wartete sie auf eine Antwort. Er nahm das Bild in die Hand die kaum merkbar zitterte und schüttelte mit dem Kopf:

„Das kann doch nicht möglich sein woher haben Sie dieses Bild. Das ist der Mann den ich gesehen habe, genau dort."

Dabei zeigte er auf einen Punkt etwa zehn Meter von dem gegenüberliegenden Haus entfernt.

„Ja, dort stand er und ist dann in Richtung Bahnhof fortgegangen. Das war bevor der Unglückliche sich fallengelassen hat."

Ihr war klar dass es sich hierbei um eine zufällige Beobachtung gehandelt hat. Denn in der Regel achten die Menschen in solchen Situationen nicht auf Dinge die eher nebensächlich sind. Aber auch das gehörte zu ihrer Arbeit und in diesem Fall war es dem Zufall zuzuschreiben, dass sie es hier mit so einem aufmerksamen Beobachter zu tun hatten. Sie wollte sicher gehen, und fragte den Mann ob er eine gewöhnlich eine Brille trage. Und wenn, ob er diese zu dem infrage kommenden Zeitpunkt aufgesetzt hatte. Er verneinte das mit dem Hinweis das er Gott danke noch so gut sehen zu können.

Für den Rückweg benutzte sie den Umweg über die Strandpromenade durch den Stadtgarten, setzte sich auf eine der Bänke um einen Moment zu entspannen. Hier war es auch nicht so heiß wie im Zentrum, der Wind wehte vom Wasser her und es war ruhig. So konnte sie sich ein wenig lösen von dem was sie bisher erfahren hatte.

7

Frank hatte keinen Durchsuchungsbeschluss für die Wohnung des Freundes von dem Mann auf dem Dach bekommen. Der Staatsanwalt hatte es abgelehnt einen solchen zu beantragen. Also musste er die Einwilligung des Freundes haben, deshalb war er auf dem Weg in die JVA. Der Freund willigte ein dem schien es ziemlich egal zu sein wer in seiner Wohnung war, Hauptsache die Miete wurde bezahlt dann brauchte er sich nicht um den sozialen Kram zu kümmern. Wenn er entlassen wird hätte er den sowie so rausgeschmissen. Das sein Freund nun tot war schien ihn wenig zu interessieren, er hatte mit seinem eigenen Leben genug zu tun. Frank ließ sich die Einwilligung von den Beamten der JVA bestätigen und den Wohnungsschlüssel aushändigen, rief Scheller an holte den ab und sie machten sich gemeinsam auf den Weg in die Wohnung des „Freundes des Mannes auf dem Dach." Eine Adresse in einer Nebenstraße im Ortsteil Blumenthal.

Als sie auf das Haus zugingen zögerten beide ein wenig und sahen sich um. Vor dem Haus auf einer kleinen Rasenfläche saßen ein paar abenteuerlich aussehende Gestalten, mit nackten Oberkörpern die Musik hörten und Bier tranken. Das Haus sah schon von draußen nicht sehr ansehnlich aus, wie mochte es erst dort drinnen aussehen. Sie behielten recht mit ihrer Befürchtung, die Haustür war halb offen. Klingelschilder gab es nur ein paar mit kaum leserlichen handgeschriebenen Namen. Es roch muffig und stark nach Urin und Hundekot. Scheller nahm Frank am Arm.

„Sie sind ziemlich geschockt lassen sie mich vorgehen ich habe so was schon oft gesehen, allerdings nicht ganz so schlimm wie hier." Dann wurden sie von hinten angegrölt.

„Ey, was wollt ihr denn hier? Verpisst euch, wir kennen euch nicht, hier gibt's nichts zu verkaufen!"

Frank seufzte und holte seinen Polizeiausweis hervor.

„Nun mal sachte, wir sind von der Kripo, von euch wollen wir nichts, wo ist die Wohnung von X."

Einer der Saufkumpane legte einem Hund, der zu seinen Füßen lag, eine Leine an Stand auf und ging auf die beiden zu.

„Schnüffler, kommt ich zeig euch wo's lang geht. Was ist denn passiert? der X sitzt doch schon lange im Knast und in der Wohnung haust doch dieser Junkie. Der denkt doch er ist was Besseres als wir, jetzt mit seinen neuen Klamotten und sowieso...!"

Weiter sagte er nichts. Frank wurde hellhörig, er sah sich den Mann genau an und fragte:

„Was wissen Sie von Jankov. Seit wann kennen Sie den?"

Der Angesprochene winkte ab.

„Och, nichts weiter nur flüchtig, eine Treppe hoch und gleich die erste Tür rechts."

Zog seinen Hund zu sich und setzte sich wieder zu seinen Kumpels, die steckten gleich die Köpfe zusammen und begannen zu tuscheln.

Frank schätzte die Situation genau richtig ein. Der Mann wollte erst einmal abwarten wie sich das hier weiter entwickelte, bevor er in etwas hineingeriet woraus er dann schlecht wieder herauskommen würde.

Oben angekommen holte Frank den Schlüssel hervor und wollte aufschließen, aber die Tür war nur angelehnt. Alkoholdunst schlug ihnen entgegen. Er gab Scheller zu verstehen das er zurückbleiben sollte, zog seine Waffe und trat in das Zimmer. Dabei musste er über herumliegende Kleidungsstücke treten. Das was er dann zu sehen bekam war ziemlich überraschend.

Auf dem Sofa, hinter einem voll mit leeren Flaschen und Zigarettenschachteln übersäten Tisch, lag eine nur dürftig bekleidete Frau. Da sie sich nicht rührte trat er näher heran.

„Hallo, wer sind Sie, was machen Sie hier?"

Die Frau reagierte, offensichtlich war sie betrunken, setzte sich aber auf und fingerte an einer der Zigarettenschachtel herum. Nachdem sie es endlich fertiggebracht hatte eine Zigarette in Gang zu bringen, schnauzte sie los:

„Was wollt ihr denn hier, lasst mich in Ruhe oder habt ihr was zu trinken mitgebracht? Dann könnt ihr bleiben."

Frank war ziemlich überrascht und froh dass er Scheller bei sich hatte, der kannte die Frau scheinbar, griff auch gleich ein und ging auf sie zu.

„Na, ist es mal wieder soweit, ging ja nicht lange ohne oder, wie kommst du hier rein? Das musst du uns erklären sonst hast du ein Problem."

Die Frau nahm eine der Flaschen zur Hand, als sie merkte, das diese leer war schmiss sie diese auf den Fußboden. Heftig an der Zigarette saugend antwortete sie:

„Ach nee, Scheller, der Psychofritze der alle Menschen vom Suff abbringen will, ha, ha! Sag mir lieber wo du herkommst. Lass mich in Ruhe mit deiner Therapiescheiße, ihr könnt doch nichts tun, los verschwinde."

Dabei winkte sie heftig mit der Hand, die Glut von der Zigarette fiel in ihren Schoß. Sie sprang auf und schrie los:

„Siehste, das hab ich jetzt davon, guckt nicht so blöd haut endlich ab."

Plötzlich wurde sie ganz blass, riss die Augen auf und hob hilfesuchend die Arme. Frank fühlte nur wie Scheller ihn zur Seite stieß und sich auf die Frau warf. Er griff ihren Arm und drückte sie auf das Sofa, so dass sie mit dem Bauch nach unten den Kopf über die Lehne des Sofas hängend lag. Scheller schrie ihn an:

„Die Beine, halten Sie die Beine fest!"

Drückte mit seiner freien Hand den Unterkiefer der Frau herunter und stopfte ihr sein Schlüsselbund zwischen die Zähne.

Sie schnappte nach Luft und schlug wild um sich, aber die beiden hatten sie fest im Griff. Sie wurde grün im Gesicht und Speichel mit blutigem Schaum vermischt quoll aus ihrem Mund. Nachdem Frank die Beine der Frau ca. eine Minute festgehalten hatte, die ihm viel länger vorgekommen war entspannte sich ihr Körper. Sie lag jetzt ganz ruhig da, nur das stoßweise schwere Atmen war zu hören. Scheller richtete sich auf griff zu seinem Handy und rief den Rettungsdienst an. Danach beugte er sich zu ihr hinunter und drehte sie auf die Seite, sie schien zu schlafen.

Frank musste sich sortieren, er war durchgeschwitzt.

„Was war das denn, wie konnte so etwas passieren?"

Er blickte Scheller fragend an. Der versuchte mit seinem Taschentuch das Schlüsselbund aus dem Mund der Frau heraus zu bekommen und drehte sich zu ihm.

„Die ist bewusstlos und muss schnell ins Krankenhaus. Das war ein Krampfanfall, kommt öfter vor bei schwer alkoholkranken Menschen."

„Und warum haben Sie ihr das Schlüsselbund in den Mund gedrückt."

Scheller blickte ihn mit traurigen Augen an:

„Das können Sie nicht wissen. Bei Krampfanfällen kann es passieren das die Betroffenen sich die Zunge abbeißen. Außerdem müssen sie auf dem Bauch liegen damit, wenn sie sich erbrechen nicht ersticken. Man kann sagen, die Frau hat Glück gehabt das wir hier waren. Sie wäre nicht die erste die daran gestorben wäre. Ich habe schon einige tot aufgefunden, leider!"

Auch er war verschwitzt und setzte sich auf die Kante des Sofas. Die Kumpane von draußen hatten das Gezeter der Frau mitbekommen und drängten jetzt in das Zimmer. Die beiden hatten Mühe sie zurückzuhalten. Erst als Scheller sagte das sie einen Krampfanfall gehabt hat, beruhigten sie sich und traten den Rückzug an.

„Mit Informationen von ihr über das was sie hier gemacht hat, und in welchem Verhältnis sie zu dem Toten auf dem Dach steht, können wir jetzt wohl nicht rechnen."

Scheller nickte mit dem Kopf in Richtung der Frau.

„Das wird ein bis zwei Tage dauern bis die wieder klar ist. Da müssen wir uns erst einmal an die da draußen halten. Der Typ mit dem Hund scheint mir noch am vernünftigsten zu sein."

Frank gab ihm recht und fing an sich genauer in dem Raum umzusehen. Es war nur ein Zimmer mit einer angrenzenden kleinen Kochnische. Außer dem Sofa und dem Tisch waren da noch zwei Stühle und eine Matratze die auf dem Fußboden lag.

Der Teppichboden war dreckig, total verschlissen und voller Brandlöcher. An der einen Wand stand so etwas Ähnliches wie ein Siedebord und neben der Matratze ein kleiner Tisch mit einer halb herausgerissenen Schublade. Daneben lagen verstreut einige Papiere herum, er atmete tief durch und fing damit an die Sachen zu durchsuchen. Es fiel ihm schwer sich zu konzentrieren, die Sache mit dem Krampfanfall der Frau hatte ihn doch ziemlich mit genommen. Während er die Sachen einsammelte die ihm wichtig erschienen trafen die Rettungssanitäter und der Notarzt ein. Der ließ sich von Scheller den Vorgang schildern und entschied nach einer kurzen Untersuchung, dass die Frau in das naheliegende Krankenhaus-Nord gebracht werden sollte.

Danach versiegelte Frank die Wohnung und sie gingen nach unten. Auf dem Weg dorthin nahm er Scheller an den Arm und sagte:

„Ich glaube es ist besser, wenn wir hier nicht weiter rumfragen, sehen Sie sich den Menschenauflauf an. Ich werde den Typen mit dem Hund auffordern später aufs Revier zu kommen, hier kommen wir so nicht weiter!"

Scheller nickte nur mit dem Kopf ihm hatte das auch gereicht, sagte dann aber noch:

„Sie halten mich doch auf dem Laufenden, versprochen?"

Jetzt war es an Frank zu nicken, und so fuhren sie schweigend davon, er setzte Scheller an dessen Büro ab und machte sich auf den Weg zum Revier.

8

Als Lydia in ihr Büro trat, fand sie wieder eine Notiz von Schwarzer auf ihrem Schreibtisch vor:

„Kommen Sie mit Fred und Frank in mein Büro, der Staatsanwalt hat sich angesagt!"

Sie ergänzte den Zettel mit dem Hinweis, – bitte nachkommen, und sag Fred Bescheid –, und legte diesen auf Franks Schreibtisch. Schwarzer empfing sie lachend:

„Na, Frau Brock, warum halten Sie sich nicht an meine Anweisungen? Wie oft habe ich Ihnen schon gesagt das ich immer zuerst informiert sein muss, wenn ermittelt werden soll!"

Die Nachahmung des Staatsanwaltes war ihm dabei fast gelungen. Sie war erst erschrocken aber dann lachten beide los. Mit den Wimpern plinkernd antwortete sie:

„Aber Herr Staatsanwalt, ich bitte Sie, jetzt tun Sie mir aber weh. Ich versuche immer nach Ihren Anweisungen zu arbeiten, aber Sie wissen selbst, manchmal überrennen uns die Ereignisse und ....“

Sie hielt inne denn Schwarzer gab ihr ein Zeichen, er hatte gesehen dass der Staatsanwalt im Anmarsch war.

Der riss die Tür auf, noch halb auf dem Flur seine Brille schwenkend begann er:

„Frau Brock, warum halten Sie sich nicht an meine Anweisungen ich ...?“

Schwarzer blickte Lydia vielsagend an, lächelte und unterbrach den Ausbruch des Staatsanwaltes.

„Wir haben neue Erkenntnisse lassen Sie uns schnell zu den Fakten kommen, sonst verschwenden wir noch Ihre kostbare Zeit!“

Der Staatsanwalt schnappte nach Luft, ihm war anzumerken das er sich überrumpelt vorkam. Lydia musste sich abwenden und konnte ein Losprusten gerade noch verhindern. Zum Glück kamen Fred und Frank herein, sodass sich die Situation entspannte. Der Staatsanwalt setzte sich auf die Kante des Schreibtisches blickte in die Runde und konnte sich nicht verkneifen zu sagen:

„Warum machen Sie mir das Leben denn so schwer, wir müssen doch zusammenarbeiten und mir sitzt andauernd die Presse im Nacken, aber egal was haben sie denn? Warum glauben sie das wir in dieser Sache – Mann auf dem Dach – ermitteln müssen?“

Lydia sah zu Schwarzer hinüber der nickte nur, also konnte sie loslegen:

„Wir glauben dass es da einen Zusammenhang mit dem Toten im Sperrmüll gibt. Denn nach den Aussagen der Zeugen die wir haben ist ein- und dieselbe Person an beiden Orten gesehen worden ist. Das mag ein Zufall sei, aber daran glaube ich nicht. Ich bin sicher wir werden herausfinden das diese Person, wie auch immer, eine entscheidende Rolle spielt. Sowohl in der Angelegenheit mit dem Toten im Sperrmüll, als auch in der mit dem Mann auf dem Dach. Deshalb müssen wir weiter ermitteln und zwar zügig. Diese Person muss so schnell wie möglich ausfindig gemacht werden. Ich will nicht übertreiben, aber ich spüre das wir noch überrascht und viel Arbeit haben werden. Es wäre gut, wenn Sie uns noch mehr Leute zur Verfügung stellen könnten. Vielleicht ist auch zu überlegen ob es nicht sinnvoll ist eine Sonderkommission einzusetzen."

Sie hatte bewusst diese Forderungen gestellt, weil sie wusste, dass der Staatsanwalt jetzt gar nicht anders konnte und grünes Licht geben musste für weitere Ermittlungen. Denn das was sie forderte würde auch für ihn schwierig sein, in Gang zu setzten mit dem was sie bisher in der Hand hatten. So sagte er dann auch wie von ihr erwartet:

„Na gut, machen Sie weiter, aber einen vorläufigen Bericht bekomme ich noch heute! Frau Brock Sie leiten die Ermittlungen. Wenn es erforderlich ist, und Sie noch Leute brauchen regeln Sie das intern mit Schwarzer."

Er sah zu dem Abteilungsleiter hinüber, nahm seine Brille ab, wischte sich über die Augen und verließ kopfschüttelnd das Büro ohne noch etwas zu sagen. Fred schloss die Tür hinter ihm und sah fragend zu Lydia hinüber.

„Ich wusste gar nicht das du auch im Personalrat der Polizei bist. Hast du das dort gelernt, Maximalforderungen stellen um das zu erreichen was erreicht werden soll?"

Sie winkte ab:

„Das ist doch jetzt egal, den haben wir auf unserer Seite. Erzähl lieber was du in dem Hochhaus noch herausgefunden hast, ich bin gespannt."

Schwarzer tat sich immer noch schwer nicht weiter zu lachen und unterbrach die beiden.

„Lassen Sie uns jetzt gemeinsam überlegen wie wir weiter vorgehen."

Er blickte zu Frank hinüber, denn der wusste überhaupt nicht wie ihm geschah. Schwarzer hatte seine Unsicherheit bemerkt und sagte:

„Na, Frank so wie Sie dreinschauen fragen Sie sich – wo bin ich denn hier hineingeraten-? Daran müssen Sie sich gewöhnen. Sie haben es hier mit außergewöhnlichen Menschen, die deshalb auch solche Methoden anwenden, zu tun. Was zählt ist der Erfolg, ganz gleich wie wir dahin kommen. Aber nun macht euch an die Arbeit, er wandte sich direkt an Lydia:

„Nun Frau Brock, Sie haben sicher einen Plan wie weiter vorgegangen werden soll, wenn es erforderlich ist und Sie noch Hilfe brauchen fordere ich Leute an."

„Danke, darauf komme ich dann gegebenenfalls gerne zurück. Wir fassen jetzt die bisherigen Ermittlungsergebnisse zusammen und entscheiden dann, wer welche Aufgabe übernimmt."

In dem Büro von Lydia machten sie dann weiter. Fred berichtete was er in dem Zimmer des Toten aus dem Sperrmüll gefunden hatte. Viel was auf Kontakte zu anderen Personen oder Verwandte schließen ließ war nicht dabei. Er war sicher das jemand die Papiere des Mannes gründlich durchsucht und Verdächtiges aussortiert hatte. Außer ein paar Bankauszügen, einem Kaufvertrag über einige Einrichtungsgegenstände für die Küche und

Briefe von der Hausverwaltung hatte er nichts gefunden. Keine persönlichen Briefe, keine Unterlagen über Termine oder Sonstiges. Der Mann musste während der drei Jahre die er in dem Haus gewohnt hatte ziemlich isoliert gewesen sein. Ob das von ihm so gewollt war blieb offen. Die Spurensicherung war noch nicht fertig mit ihrer Arbeit.

Die Befragung der Pförtner hatte auch nicht mehr als das was sie ohnehin schon wussten ergeben. Der einzige wertvolle Anhaltspunkt war der Zeuge der mitgeholfen hatte das Phantombild von dem Unbekannten in dem hellen Mantel zu machen. Frank berichtete, immer noch ziemlich berührt, von den Ereignissen die er und Scheller in der Wohnung Jankovs mit der Frau die sie dort aufgefunden, erlebt hatten. Aus den Papieren die er von dort mit genommen hatte ergab sich fast das gleiche wie bei dem was Fred herausgefunden hatte. Er stützte sich auf die zu erwartenden Aussagen des Mannes mit dem Hund, den er für nachmittags einbestellt hatte.

Sie entschieden dann gemeinsam, dass Fred in Verbindung mit dem BKA nach ungelösten Todesfällen im Zusammenhang mit Drogenkonsum suchen soll. Frank die Vernehmung des Mannes mit dem Hund übernimmt und Lydia die alte Dame in der Seniorenpension aufsuchen wird.

9

Scheller suchte in seinem Büro in der Beratungsstelle nach der Akte der Frau die Frank und er in der verwahrlosten Wohnung in Blumenthal angetroffen hatten. Er hoffte herauszufinden ob es da eine Verbindung gab zwischen ihr und Jankov. Wie kam die in sein Umfeld? Dabei musste er feststellen das die Akte nicht mehr bei seinen Unterlagen war. Nach einigem Suchen erinnerte er sich daran, dass er die Betreuung der Frau einem Kollegen übergeben hatte, weil sie es abgelehnt hatte weiter mit ihm als Therapeuten zu arbeiten. Dann rief er seine Kollegen zusammen und sie hielten eine „außer der Reihe" Teamsitzung ab. In der Regel wurde in der letzten Zeit während dieser Besprechungen, mehr über die finanziellen Engpässe der Einrichtung und der damit verbundenen Einschränkungen ihrer Arbeit gesprochen, als über die Probleme der Betroffenen im Einzelnen. Er stellte von vornherein klar, dass das dieses Mal nicht passieren durfte und brachte sein Hauptanliegen vor. - Das Auftauchen dieser neuen Droge-, von der angeblich keiner wusste ob sie wirklich existierte oder was wirklich dran war. Nur Gerüchte, damit konnten sie sich nicht zufrieden geben es musste etwas geschehen. Diese sich langsam entwickelnde Lethargie durfte sich nicht durchsetzen dann könnten sie gleich „einpacken" mit ihrer Arbeit. Doch es kam nicht viel dabei heraus, auch die Kollegen hatten aus den Reihen ihrer Klientel nur Gerüchte gehört. Nur eins fiel bei der Zusammenfassung der einzelnen Berichte auf. Etwa ein halbes Dutzend Personen, die sonst eigentlich regelmäßig in die Beratungsstelle und zu den Gruppengesprächen gekommen waren, sind seit ungefähr zehn Wochen nicht mehr gesehen worden. Es gab keinerlei Kontakte mehr zu diesen Leuten. Scheller wies abschließend darauf hin, dass das genau das Problem sei das sie im Moment hatten. Es blieb keine Zeit in solchen Situationen zu reagieren. Eine aktuelle Lösung dieses Problems konnten sie allerdings auch nicht gemeinsam finden. Er nahm sich den Kollegen, dem er die Betreuung der Frau aus dem Haus in Blumenthal übergeben hatte zur Seite und fragte ihn danach wann er sie zum letzten Mal und wenn in welchem Zustand er sie angetroffen habe. Der konnte sich kaum an die Frau erinnern.

Nach dem ersten Gespräch gleich nach dem Betreuungswechsel von Scheller zu ihm hatte er nicht mehr mit ihr gesprochen. Als er wieder in sein Arbeitszimmer zurück gekehrt war fühlte er so etwas wie eine schwere Last auf seiner Seele liegen. Es fiel ihm schwer sich zusammen zu nehmen als eine Kollegin hereinkam und die Akten der sechs Personen hereinbrachte die seit zehn Wochen von der Bildfläche verschwunden waren. Dann gab er sich einen Ruck und fasste einen Entschluss. Er nahm sich vor diese Personen genau unter die Lupe zu nehmen und sich um jeden Einzelnen bemühen. Deren Umfeld untersuchen und nach Hinweisen suchen die darauf hindeuten könnten das diese Leute mit der neuen Droge, wenn es die denn gab, in Verbindung gebracht werden konnten. Lydia Brock hatte ihm ihre Unterstützung zugesagt darauf vertraute er. Der Versuch sie gleich zu erreichen scheiterte, deshalb nahm er sich die einzelnen Akten zur Hand und suchte nach Hinweisen.

10

Lydia war auf den Weg zu der alten Dame und hatte sich für diese Zeit bei den Kollegen abgemeldet, sie wollte bei dem Gespräch mit der Frau ungestört sein. In der Altenpension wurde sie von einer sehr freundlichen Dame empfangen, die sich als die Leiterin dieses, wie sie es ausdrückte. „ausschließlich privaten Institutes" vorstellte.

Alles machte einen sehr gediegen, vornehmen Eindruck. Man konnte das Geld, das es kosten würde hier seinen Lebensabend zu verbringen, fast spüren. Die Leiterin brachte sie bis zu der Tür des Zimmers, bat um Diskretion und verabschiedete sich. Lydia hatte das Gefühl, als wenn sie am liebsten mit hinein gekommen wäre. An der Tür war ein verziertes Namensschild aus blank geputztem Messing angebracht. – Frau Dr. Erna Lotius –. Sie klopfte, ein freundliches „herein". Sie war sehr überrascht das hier war kein Zimmer, sondern eine richtige Wohnung, hell, geschmackvoll und modern eingerichtet. Frau Lotius saß an einen Schreibtisch der vor einem großen Fenster stand und hatte einen Laptop vor sich, den sie als Lydia eintrat zusammenklappte. Sie erhob sich und kam mit ausgestreckter Hand auf Lydia zu.

„Schön das Sie da sind. Ich war schon ganz gespannt auf Ihren Besuch. Aber sagen Sie, wie kommt eine so attraktive Frau wie Sie denn zur Kriminalpolizei? Ich habe das erste Mal in meinem Leben mit jemandem von euch zu tun und mir die Leute von der Polizei immer ganz anders vorgestellt."
Sie bat sie Platz zu nehmen. An diesem kleinen runden Tisch auf dem zwei Gedecke Tee und Kekse angerichtet waren. Lydia empfand gleich Sympathie für die Frau, ihrer Schätzung nach ungefähr siebzig Jahre alt, und beschloss behutsam vorzugehen bei ihrer Befragung. Frau Lotius kam ihr entgegen als hätte sie ihre Gedanken gelesen sagte sie:

„Bitte bedienen Sie sich und nur rund heraus mit dem was Sie mir zu sagen haben, mich erschüttert nichts mehr mit meinen siebenundachtzig Jahren. Ich weiß nur soviel, es geht Ihnen wohl um das Handy das auf meinen Namen registriert ist."
Dabei sah sie Lydia mit hellen, blitzenden Augen an.

„Nein, das kann ich nicht glauben, Sie und siebenundachtzig? Sie scherzen!"
Frau Lotius hob die Hände.

„Keine weiteren Komplimente, bitte kommen Sie lieber zur Sache. Ich bin sehr neugierig darauf warum das Handy eine Rolle spielt, geht um ein Verbrechen? Das muss ich ja wohl annehmen wenn die Kriminalpolizei danach fragt."

Lydia schilderte ihr den Vorfall in der Gerhard-Rohlfs-Straße und erklärte wie sie darauf gekommen sind das der letzte Anruf auf dem Handy des Toten von Ihrem Apparat aus geführt worden ist, das sei sicher. Sie könne sich allerdings nicht vorstellen das Frau Lotius, die ihr jetzt hier gegenüber saß, ein solches Gespräch geführt haben könnte. Die alte Dame hielt einen Moment inne, sah auf ihre Hände und sagte:

„Der Unglückliche, was veranlasst einen jungen Mann dazu so etwas zu tun, sich vom Dach stürzen. Aber Sie haben recht mit Ihrer Annahme, ich habe von diesem Handy aus noch kein einziges Gespräch geführt. Es ist auch nicht in meinem Besitz, ich kann Ihnen auch nicht sagen wer das zur Zeit benutzt."

Lydia entgegnete:

„Entschuldigung, ich muss Sie unterbrechen, das versteh ich nicht so ganz, können Sie mir das näher erklären?"

Jetzt kam das Lächeln auf dem Gesicht von Frau Lotius zurück.

„Das ist ganz einfach, mein Sohn hatte das Handy als Weihnachtsgeschenk für mich vorgesehen. Er dachte wohl so sei ich auch hier am Puls der Zeit. Aber ich habe ihm gleich klar gemacht, das er mir damit wegbleiben soll ich mag die Dinger nicht. Ich hab ihm gesagt das er, wenn es schon ein sinnvolles Geschenk für mich gäbe, dann gefälligst einen Laptop besorgen sollte. Damit bin ich voll dabei. Und wie Sie sehen hat er das auch gleich beherzigt. Was er mit dem Handy gemacht hat weiß ich nicht. Vermutlich hat er es anderweitig verschenkt, vielleicht an einen seiner Angestellten. Aber da müssen Sie ihn schon selber fragen."

Lydia lächelte vor sich hin:

„Welch eine angenehme Überraschung diese alte Dame, siebenundachtzig Jahre alt, sah aus wie höchstens siebzig, diese freundlichen hellwachen Augen. Und dann noch ausgestattet mit einem Laptop allerbester Ausführung und Internetanschluss. Die war wirklich voll dabei."

Deshalb war sie auch ziemlich sicher, dass das was sie jetzt fragen musste nicht weiter schlimm für die Frau sein würde.

„Können Sie mir etwas erzählen was Ihren Sohn betrifft, was er so macht und wo er sich zur Zeit aufhält, oder muss ich das selbst herausfinden?"

„Jetzt muss ich wohl fragen, was wollen sie wissen? Und aufpassen das ich nicht zu viel sage, was ihn eventuell belasten könnte."

Dabei setzte sie sich gerade auf und fuhr fort:

„Ich habe mich genug um meinen Sohn gekümmert, ihm einen guten Start in sein Berufsleben ermöglicht. Der ist alt genug um das was er treibt selbst zu verantworten."

Lydia bemerkte den etwas traurigen Tonfall in der Stimme der Frau und sagte:

„Bisher sammle ich nur Informationen die uns weiterhelfen könnten, Sie verstehen das wir alles Mögliche untersuchen müssen um zu einem Ergebnis zu kommen. Bisher sieht alles danach aus, dass der junge Mann Selbstmord begangen hat. Mehr kann und darf ich Ihnen dazu nicht sagen."

Frau Lotius seufzte kaum merklich:

„Sie werden verstehen, wenn ich Sie bitte mich mit weiteren Fragen über meinen Sohn zu verschonen. Nur so viel will ich sagen, er hat sich vor drei Jahren ein Anwesen an der Landesgrenze zu Niedersachsen gekauft und dort ein, wie er es nennt

„Meditations- und Rehabilitationszentrum" eingerichtet. Ich nenne das Suchtklinik aber..."

Sie brach ab und hob bedauernd die Schultern.

Lydia merkte sofort das sie an einen Punkt gekommen waren der nicht sehr angenehm für die Frau war. Deshalb entschied sie das Gespräch hier zu beenden.

„Frau Doktor Lotius, lassen wir es gut sein das genügt mir. Den Rest finde ich schon selbst heraus."

Jetzt lachte Frau Lotius:

„Den Doktor lassen Sie mal weg, ich würde mich freuen wenn ich Sie einmal wiedersehen könnte. Vielleicht ergibt sich eine Möglichkeit irgendwie in Verbindung zu bleiben ich mag Menschen wie Sie. Das Sie bei der Kriminalpolizei arbeiten stört mich nicht. Und was meinen Sohn betrifft, der muss, wenn er in etwas hineingeraten ist selber sehen wie er das handhabt."

Stand auf und brachte Lydia zur Tür.

Sie verließ das Gelände mit einem guten Gefühl, froh darüber das die alte Dame offensichtlich nichts mit dem Fall zu tun hatte.

11

Im Revier wurde sie schon ungeduldig von ihren Mitarbeitern erwartet. Sie bat sie einen Moment zu warten denn sie wollte sich unbedingt, wenn möglich noch heute, mit ihrem Freund den kleinen Redakteur verabreden. Dann bat sie Frank und Fred zu sich gespannt auf das was die zu berichten hatten.

Fred begann, mittlerweile hatte die Spurensicherung ihre Arbeit in der Wohnung des Toten im Sperrmüll beendet und war dabei diese in der Kriminaltechnischen Untersuchung auszuwerten.

Dann legte er eine Plastikhülle in der ein Sparbuch von der Postbank eingeschlagen war auf den Tisch. Lydia blickte erstaunt zu ihm auf.

„Was ist das, eine Überraschung?"

„Ja, die Männer fanden unter dem Bett einen kleinen Riss im Teppichboden und darunter war dieses Sparbuch versteckt mit einem aktuellen Guthaben von 12000 Euro! Der Mann war wie wir wissen Hartz IV-Empfänger und hat jetzt, anhand der Einträge in den letzten drei Monaten, im Abstand von vierzehn Tagen jeweils 2000 Euro eingezahlt. Wie konnte der in so kurzer Zeit an für ihn, soviel Geld kommen?"
Sie nahm das Buch aus der Plastikhülle, blätterte es durch und legte es wieder hinein.

„Wie weit bist du mit dem BKA?"
Fred winkte ab.

„Das dauert noch, ich brauche nähere Angaben von der Rechtsmedizin dann kann ich gezielter vorgehen."

„Was ist mit Spuren an der Klappe zum Müllschlucker, gibt es Hinweise darauf das der Mann auf diesem Weg nach unten befördert worden ist."

„Dort sind keine Spuren gefunden worden, der Tote ist mit Sicherheit in diesem Schrank nach unten gebracht worden. Die von der KTU werten die Aufnahmen der Überwachungskameras noch aus."
Sie wandte sich an Frank:

„Nun, was hat die Befragung deines Zeugen ergeben?"
Der holte seine Notizen hervor:

„Ich glaube, dass wir noch jemanden haben der den Mann im hellen Sommermantel gesehen haben könnte."
Sie unterbrach ihn ihre Spannung wuchs:

„Bist du sicher? Das wäre dann ja schon der dritte Zeuge, weiter!"
Frank berichtete das Jankov, nachdem er in die Wohnung seines
Bekannten eingezogen war, zuerst mit den anderen Bewohnern
im Haus Partys gefeiert hatte. Aber immer auf „Schlump" der
Befragte meinte damit, das Jankov nicht viel dazu beigetragen
hat die Getränke zu bezahlen. Doch dann, so nach vierzehn
Tagen, hat er die Runden geschmissen, selbst aber nicht viel ge-
trunken, und war von da an auch immer besser gekleidet. Der
Zeuge und seine Kumpels wunderten sich woher der das Geld
dafür haben könnte und begannen ihn genau zu beobachteten.
Er selbst hat dann heraus gefunden das Jankov sich regelmäßig
mit einem Mann, den er so ähnlich beschrieben hat wie die anderen Zeugen, getroffen hat. Besonders aufgefallen sei ihm dabei, dass der bei diesen Treffen immer einem langen hellen
Mantel getragen hat.

„Was ist mit der Frau die ihr in der Wohnung angetroffen
habt?"
Frank schüttelte mit dem Kopf.

„Ich glaube, die hat nichts damit zu tun. Wie der Mann ausge-
sagt hat ist sie erst vor zwei Wochen im Schlepptau von Jankov
dort aufgetaucht und war während der Zeit auch kaum zu sehen,
die sei ständig betrunken gewesen."
Lydia erhob sich es war sehr still im Raum, die beiden Männer
warteten ungeduldig auf ihre Reaktion. Sie nahm einen dicken
Filzstift zur Hand und ging zu der Demowand an der das
Phantombild des Mannes im hellen Sommermantel hing. Es
klopfte und ein Kollege erschien in Begleitung von Scheller. Sie
winkte beide herein, gespannt auf das was jetzt kommen könnte. Scheller war ziemlich aufgeregt, er hatte einen Packen Akten
unter dem Arm und legte gleich los:

„Ich glaube, ich habe hier Anhaltspunkte dafür dass es noch mehr potentielle Opfer geben könnte."

Demonstrativ legte er die Akten auf den Schreibtisch:

„Hier, alles Leute die ähnlich wie Jankov und der Tote im Sperrmüll bei uns in ambulanter Behandlung waren und seit ca. drei Monaten nicht mehr gesehen worden sind."

Lydia unterbrach ihn, nicht unfreundlich aber bestimmt:

„Scheller, setzen Sie sich hin! Vorab muss ich Ihnen sagen, dass Sie ihre Unterlagen wieder an sich nehmen müssen. Ich finde es gut dass Sie uns helfen wollen, aber wir brauchen für die Einsicht in diese Akten einen richterlichen Beschluss. Den bekommen wir aber anhand dessen was wir bisher haben nicht. So wie Sie sich das denken geht es nicht."

Scheller blickte sie ratlos an.

„Schauen Sie nicht so! Ich werde Ihnen jetzt sagen wie Sie uns helfen können. Bevor Sie etwas sagen, gehen Sie runter zu Kubik und melden offiziell an dass Sie eine Aussage in dem Fall des - Mannes auf dem Dach- machen wollen. Sie kommen, wenn es denn möglich ist, gleich wieder ohne diese Akten, klar? vertrauen Sie mir."

Scheller immer noch verwirrt tat was sie verlangte schnappte seine Akten und machte sich auf den Weg.

„Lydia du schickst einen Zeugen weg, wie sollen wir das verstehen?"

„Fred, lass mich machen!"

Dabei strahlte sie soviel Autorität aus das der sich innerlich zusammenzog. Sie nahm den Filzstift der ihr aus der Hand gefallen war wieder auf und begann:

„Stellt euch vor wir haben es hier mit einer bisher unbekannten neuen Droge, von der niemand etwas weiß, zu tun. Die, von wem auch immer, schnell unter die Leute gebracht werden soll.

Dafür braucht derjenige eine Dealergeneration. Er will schnell in der Szene Einfluss gewinnen, also sucht er sich dafür Leute aus dem Milieu. Er verkauft die Droge nicht sondern bezahlt dafür das die Leute sie nehmen. So testet er die Wirkung und macht seine ausgewählten Probanden von dieser und sich abhängig. Vielleicht ist etwas mit der erhofften Wirkung schiefgegangen und er hat die Kontrolle verloren. Entweder die beiden Männer sind an der Einnahme der Droge gestorben, oder er hat selbst Hand angelegt. Bei dem Toten im Sperrmüll kann Grünert uns sicher weiterhelfen. Bei dem Mann auf dem Dach, könnte ich mir vorstellen dass das ein, -Selbstmord auf Befehl-, war."

Sie hielt inne und fragte dann:

„Nun was ist, was haltet ihr davon?"

Fred verschränkte die Arme und schüttelte mit dem Kopf.

„Ziemlich abenteuerlich deine Theorie. Ich bin nicht so schnell wie du beim Zusammenfügen von Verdachtsmomenten und Schlussfolgerungen, aber es wäre eine Möglichkeit."

Sie sah zu Frank hinüber:

„Und du, was sagst du?"

Frank machte jetzt seinen Mund zu den er die ganze Zeit offen gehabt hatte.

„Ich staune immer nur wie das hier zugeht. Das hat mit dem was ich gelernt und bisher erlebt habe wenig zu tun. Ich muss erst einmal darüber nachdenken, aber ein Gefühl sagt mir das da was dran sein kann. Aber wie geht es jetzt weiter, denn...?"

Lydia lächelte ihn an und reagierte auf seinen Einwand.

„ Ja Frank, und was meinst du mit, denn...?

Der trat auf der Stelle und sagte:

„Es ist doch auffällig, dass die beiden Toten mit denen wir es hier zu tun haben so unterschiedlich wie nur möglich ums Leben gekommen sind. Der im Sperrmüll ist fast lautlos gestorben oder umgebracht worden. Der andere stürzt sich vom Dach unter spektakulären Umständen. Wir bringen die beiden Fälle in Verbindung miteinander, weil zufällig zwei Zeugen denselben Mann dort gesehen haben wollen, wo die Toten gefunden worden sind. Ich sehe da keinen Anhaltspunkt, kein Motiv, nichts was uns irgendwie weiterbringen kann."

Lydia legte den Stift wieder ab und ging auf Frank zu, fasste ihn an die Hand und bat ihn sich neben Fred zu stellen. Die beiden sahen sich erstaunt an, sie lachte und sagte:

„Was für ein Glück das ich so tüchtige Mitarbeiter habe und ihr mich nicht für bescheuert haltet, also seid ihr einverstanden das wir nach meiner Theorie ..."

Dabei sah sie zu Frank hinüber lächelte und fuhr fort:

„Eben, weil wir nichts weiter als nur diese Annahmen haben werden wir nach dieser Theorie vorgehen müssen. Ich habe mir das so vorgestellt ..."

In diesem Moment kam Scheller wieder in das Büro herein. Er hatte sich gefasst und begann zu erzählen warum er vorhin so hereingeplatzt war:

„Das mit den potentiellen Opfern von vorhin war vielleicht ein bisschen übertrieben, aber ich mache mir Sorgen um diese Leute. Es könnte doch sein, weil zeitlich alles so zueinander passt, dass da ein Zusammenhang besteht, oder?"

Lydia hatte sich wieder gesetzt und bat ihn freundlich ihr gegenüber Platz zu nehmen.

„Klaus, ich bin froh das Sie gekommen sind und Sie können sicher sein, dass Ihre Überlegungen bezüglich der Leute die Sie erwähnt haben richtig sein könnten. Aber wenn es denn so ist brauchen wir Hilfe vom Drogendezernat und die bekomme ich nur wenn wir verlässliche Fakten haben. Erzählen Sie, um was für Leute handelt es sich dabei?"

Er berichtete kurz und knapp aber sehr genau, zeichnete Persönlichkeitsbilder der Personen auf die für ihn in Frage kamen. Es handelte sich dabei um vier Männer, alle im Alter von 28 bis 34 Jahre, die eine ähnliche alkohol- und drogenabhängige „Karriere" aufzuweisen hatten wie die beiden Toten.

Lydia sah zu ihren Kollegen hinüber und schmunzelte, das passte in ihre Theorie. Die sahen sich stumm an und nickten nur. Für beide war klar wer hier bestimmte wo es lang ging und sie fühlten sich gut dabei. Sie beugte sich zu Scheller hinüber und sah ihn eindringlich an, dabei tippte sie mit ihrem Zeigefinger auf den Schreitisch.

„Sie gehen jetzt mit Frank in das Nebenzimmer und geben ihm alle Daten und Ihre Einschätzungen dazu. Jedes Detail ist wichtig, klar?"

Er nickte zustimmend und sagte:

„Und was kann ich sonst noch tun?"

„Sie tun gar nichts, machen ihre Arbeit wie bisher. Das müssen Sie mir versprechen! Klaus, ich will nicht das Sie in Gefahr geraten."

„Warum sollte ich in Gefahr geraten, was kann denn schon passieren?"

Sie holte tief Luft.

„Seien Sie nicht so naiv! Stellen sie sich vor, der Mann den wir finden müssen bekommt spitz das Sie irgendwie beteiligt sind, was wird er tun?"

Er zuckte mit den Schultern.

„Klaus, das ist doch wohl klar und eindeutig. Er würde sich an Sie halten, Sie sind das schwächste Glied in unserer Kette, und ich kann nicht verantworten das etwas passiert. Die Beobach-

tung bzw. das Nachforschen nach diesen Männern die Sie genannt haben übernehmen die Kollegen vom Drogendezernat. Die sind in der Szene bekannt und haben ganz andere Möglichkeiten als Sie oder wir. Noch einmal, versprechen Sie mir das?"
Scheller nickte und ging mit Frank in das Nebenzimmer. Sie lehnte sich zurück.

„Nun Fred, was ist, wir müssen unbedingt Ergebnisse aus der Rechtsmedizin haben, willst du mit Grünert sprechen oder soll ich das tun? Eigentlich möchte ich die Verabredung mit dem kleinen Redakteur einhalten. Ich glaube der kann mir einiges über den Sohn von Frau Lotius, diesen Hermann erzählen. Der kennt doch jeden hier!"
Fred antwortete:
„Lass gut sein, ich kümmere mich um Grünert, geh du nur zu Herbert. Ich werde mit Frank zusammen die bisherigen Ergebnisse zusammenfassen und einen Bericht schreiben."
„Gut, dann gehe ich jetzt, wir machen morgen weiter. Falls sich was Außergewöhnliches ergibt und wir schnell handeln müssen gebe ich dir Bescheid. Übrigens was hältst du von Frank, war meine Entscheidung richtig?"
Fred hielt einen Moment inne.
„Du meinst, das er dein ständiger Partner werden soll? Ich denke schon, der Junge weiß noch gar nicht was in ihm steckt."
Dann fasste er sie an die Schulter zögerte einen Augenblick und sagte:
„Hoffentlich verliebt er sich nicht in dich."
Sie lächelte.
„Weißt du Fred, dass du der einzige Mensch außer Herbert bist der so was zu mir sagen darf ohne das ich ihm die Augen auskratze, ja?"

12

Sie freute sich sehr auf das Treffen mit Herbert Krause, dieser Mann mit dem alltäglichen Namen, bei dem man sich gar nicht vorstellen konnte welch eine Persönlichkeit dahinter steckte. Sie hatte ihn bei den Ermittlungen in einem Mordfall vor gut ein und einem halben Jahr kennen gelernt. Er hatte ihr sehr geholfen mit seinen Informationen aus der Szene und letztlich den entscheidenden Hinweis gegeben, der dann auch zu der Festnahme des Täters geführt hatte. Das hatte die dazu gehörende Bande herausbekommen und einen Anschlag auf ihn verübt. Sie hatten ihn mit einem Auto überfahren. Er war schwer verletzt worden und kämpfte über eine Woche lang um sein Leben. Lydia hatte ihn jeden Tag im Krankenhaus besucht. Sie war die Erste die er zu Gesicht bekam als er aus dem Koma erwachte. Seitdem sind sie ganz eng befreundet. Sie war damals 28, er 63 Jahre alt. Es war keine väterliche Freundschaft, auch keine Liebesbeziehung, sondern etwas das man ganz selten findet. Eine Freundschaft zwischen zwei Menschen, die sich gegenseitig achteten und mittlerweile volles Vertrauen zueinander hatten. Er hatte in vielen langen Nächten bei ihr gesessen ihr zugehört, wenn sie es wollte mit ihr gesprochen oder auch gar nichts getan, er war einfach da. Das hatte ihr geholfen dieses Trauma, in das sie gefallen war, als ihr Partner und Freund Rene Hoffmann starb, zu überwinden. Sie konnte das irgendwie nicht erklären, aber Herbert war immer für sie da in dieser schweren Zeit. Sie wollte ihren Beruf aufgeben und fortgehen aus Vegesack, alles hinter sich lassen. Aber er hatte sie immer wieder daran erinnert wie wichtig es für sie und ihrem Selbstverständnis sei das sie bliebe und auch ihren Beruf weiter ausüben müsste, sonst würde sie an der Last zerbrechen.

Er war schon in ihrer Wohnung als sie nach Hause kam, hatte den Tisch auf der kleinen Terrasse gedeckt und einen Imbiss vorbereitet. Von hier aus hatten sie einen wunderschönen Blick auf den Fluss. Nach dem Essen machten sie es sich auf den Liegestühlen gemütlich und genossen diesen herrlichen Sommerabend.

Lydia liebte diese Augenblicke. Es war wie ein sanftes Streicheln, nicht nur der laue Wind auf ihrer Haut, sondern vor allem die Anwesenheit dieses Menschen. Krause hatte bisher kaum gesprochen auch nicht danach gefragt warum sie sich mit ihm verabredet hatte. Er war einfach da und das war schön. Nach einiger Zeit, die Sonne wanderte schon auf den Horizont zu und verfärbte den Himmel in Farben die ein Licht erzeugten das man nicht beschreiben konnte. Man musste das einfach nur in sich aufnehmen und genießen. Nach einer Weile begann sie das Gespräch:

„Wissen Sie Herbert, heute hat Schwarzer zu mir gesagt ich wäre wieder die „alte Lydia." Ich hatte ihm mitgeteilt wen der Kollegen ich zu meinem neuen festen Partner machen möchte. Ihm schien völlig egal zu sein mit wem ich in Zukunft zusammen arbeiten will war aber sehr erleichtert, weil ich mich endlich entschieden habe. Sie kennen den jungen Mann noch nicht, der ist erst seit ein paar Wochen bei uns aber sehr sympathisch. Ich hoffe das war eine gute Wahl. Ich hatte schon gedacht, nachdem Fred abgelehnt hat, dass ich niemanden finden würde für diesen Job."

Dann erzählte sie noch einige weitere belanglose Dinge, plapperte munter drauflos und lief dabei hin und her. Krause sagte nichts, er lächelte nur still vor sich hin und freute sich über die „Aufgekratztheit" seiner Freundin. Bis sie vor ihm stehen blieb ihn ansah und sagte:

„Herbert, ich möchte Ihre Meinung hören zu dem was Schwarzer gesagt hat. Hat er recht, bin ich wieder die „alte Lydia?"

Er nahm ihr das Glas Eistee das sie für ihn mitgebracht hatte aus der Hand fasste ihren Arm.

„Komm Lydia, setzt dich zu mir. Schwarzer ist ein kluger Mann der dich als Person und Mitarbeiterin sehr schätzt, aber er sieht vorrangig natürlich die Funktionalität seiner Abteilung. Deshalb glaube ich, wenn er sagt das du wieder die „alte Lydia" bist meint er die Mitarbeiterin und tüchtige Kriminalkommissarin, nicht die Person – Lydia Brock –. Denn die ist ein ganz Andere, keine Neue, das kann ja nicht sein. Aber eine, die sich mit diesem schweren Schicksalsschlag auseinandergesetzt und dadurch überwunden hat. Es wird eine Narbe bleiben die bei Stimmungs-schwankungen, oder etwa bei besonders nahegehenden Erleb-nissen schmerzen wird. Aber auch das gehört zu dieser Veränderung und wird dir sicher helfen nicht wieder zurückzu-fallen in Ängste und Selbstzweifel."

Sie hielt noch immer seine Hand und drückte diese ganz leicht, sah ihn ganz fest an und sagte:

„Herbert, wie kann es sein das Sie so genau beschreiben kön-nen was ich empfinde?"

Er antwortete nicht gleich sondern ließ diesen Moment eine Weile auf sie beide wirken.

„Weil wir Freunde sind Lydia, mehr muss ich nicht sagen. Aber du hast doch sicher noch mehr auf dem Herzen da brodelt noch was anderes in dir, komm raus damit."

Jetzt lachte sie laut los. Irgendwie fühlte sie jetzt viel leichter und es fiel ihr nicht schwer die Überleitung zu finden zu dem was sie eigentlich wollte, deshalb begann sie gleich:

„Was wissen Sie über die Familie Lotius? Ich habe heute Frau Dr. Erna Lotius kennen gelernt, eine ganz bemerkenswerte Persönlichkeit, die mich sehr beeindruckt hat."

Er zögerte, zog die Augenbrauen zusammen und fragte:

„Willst du mir erst sagen in welchem Zusammenhang du das wissen willst, oder kann ich unvoreingenommen sagen was ich über diese Leute weiß?"

„Bitte erzählen sie."

„Professor Doktor Erna Lotius, die kenne ich schon seit meiner Kindheit. Sie war bis vor ca. zwanzig Jahren Chefärztin des Krankenhauses Hartmannstift. Ich bin mit ihrem Sohn Hermann zur Schule gegangen, hier am ehrwürdigen Gerhard-Rohlfs-Gymnasium. Jede Begegnung mit dieser Frau war ein Erlebnis. Hermann ging in eine Parallelklasse, ein Ass im Sport und er sah blendend aus. Alle Mädchen schwärmten für ihn, was uns Jungs nicht besonders gefiel, deshalb mochten wir ihn nicht.

Er wusste um seine Wirkung bei den Mädchen und nutzte das schamlos aus. Freunde hatte aber kaum und wenn, dann immer nur für kurze Zeit. Kurz, er war ein egoistisches Ekel mit dem im Laufe der Zeit kaum einer was zu tun haben wollte. Als wir mit dem Abitur fertig waren verloren wir uns aus den Augen. Nach dem Willen seiner Mutter sollte er wohl auch Medizin studieren, aber das war ihm viel zu mühselig. Wie ich weiß ist er nach Süddeutschland gegangen und hat dort eine Ausbildung zum Facharzt für Psychiatrie gemacht. Nach einiger Zeit, dann hier im Ort eine Praxis eröffnet. Das ging aber nicht lange war ihm auch zu anstrengend. Dann wusste man lange Zeit nichts von ihm bis er sich dann dieses Anwesen in Bockhorn dicht an der Landesgrenze gekauft hat und dort jetzt diese Suchtklinik eingerichtet hat. Mehr weiß ich auch nicht. Ehrlich gesagt interessiert mich das auch nicht."

Sie hatte aufmerksam zugehört.

„Wissen Sie ob er verheiratet ist und Kinder hat?"

Krause hatte sich erhoben und ging an die Terrassenbrüstung:

„Lydia, warum willst du das so genau wissen, was interessiert dich an Hermann Lotius?"

Jetzt musste sie ihm von dem Zusammenhang in der Sache des jungen Mannes auf dem Dach und dem Handy von Frau Lotius erzählen. Sie schilderte ihm den Sachverhalt und das was die Frau über den Verbleib des Handys erzählt hat. Krause drehte sich wieder zu ihr um.

„Du glaubst also dass Hermann irgendwie darin verwickelt sein könnte. Oder einer seiner Mitarbeiter, vielleicht auch ein Freund dem er das Handy überlassen hat?"

Sie antwortete:

„Da muss nicht unbedingt sein er kann es ja auch achtlos liegen gelassen haben, oder jemand hat es ihm gestohlen. Ich muss den Mann in dieser Angelegenheit befragen und möchte dabei nicht unvorbereitet sein. Bei dem Gespräch mit seiner Mutter hatte ich den Eindruck das die nicht sehr gerne über ihren Sohn sprechen wollte. Da muss etwas sein was deren Verhältnis zu einander nachhaltig gestört hat."

„Du bist also sicher das Frau Lotius dieses infrage kommende Gespräch von dem besagten Handy aus, nicht geführt hat."

Sie nickte:

„Ganz sicher, Frau Lotius hätte mir nicht sagen müssen dass sie das Handy an ihren Sohn zurückgegeben hat. Denn ich hatte ihr ja gesagt in welchem Zusammenhang ich danach fragen musste."

„Lydia, ich bin nicht so wie du in diese Sache eingebunden, tu was du für richtig hältst. Nur eins musst du mir versprechen!

Geh nicht allein zu dieser Befragung, nimm Fred oder deinen neuen Partner mit. Den musst du mir aber noch vorstellen."

Sie lachte nahm seinen Arm und sagte:

„So, jetzt reicht es, ich habe genug von der Arbeit."

13

Scheller hatte den Packen Akten mit nach Hause genommen, womit er gegen die Vorschriften verstieß. Das war ihm bewusst er nahm es aber in Kauf denn er wollte noch einmal nach Hinweisen suchen, das ließ ihm keine Ruhe. Er stand wie unter Zwang er musste etwas tun. Nach Durchsicht der Unterlagen schrieb er sich die Anschriften heraus. Setzte sich in seinen alten Skoda und fuhr zu der Adresse die er an die erste Stelle seiner Liste gesetzt hatte. Er fragte unter einem Vorwand nach, hatte aber keinen Erfolg. Genau so erging es ihm bei den anderen Stationen die er noch anfuhr. Nichts, kein Hinweis über den Verbleib dieser Leute, sie waren wie vom Erboden verschwunden. In der Regel kam es schon mal vor, dass der eine oder andere eine Zeit lang untertauchte, weil er wieder rückfällig geworden war oder mal kurz in den Knast wanderte. Aber immer konnte man letztlich herausfinden, wo die Leute sich aufhielten. Er entschloss sich dann es noch einmal dort zu versuchen, wo es für ihn und seine Mitarbeiter eigentlich sozusagen tabu war zu erscheinen. Eine Art Kommune im Stadtteil, wo sich die Szene traf und auch mit Drogen gehandelt wurde. Die Leute dort waren nicht gerade seht angetan von seinem Besuch und machten ihm deutlich klar das er gegen Absprachen verstieß. Über die Personen die er suchte konnten die ihm aber auch nichts sagen.

Resigniert trat er den Rückzug an, das er während der ganzen
Zeit genau beobachtet worden war, bemerkte er nicht.

14

Am nächsten Morgen rief Lydia ihre Leute zusammen und bat
auch Schwarzer und den Leiter des Drogendezernats zu sich, sie
war fest überzeugt davon auf dem richtigen Weg zu sein und er-
läuterte den Anwesenden ihre Theorie. Sie wusste genau, das anhand der bisher vorliegenden Ergebnisse diese auf schwachen
Füßen stand, aber irgendwie mussten sie ja anfangen. Schwarzer
unterstützte ihre Arbeit, weil er auf ihr Gespür vertraute und
auch der Leiter des Drogendezernats gab seine Zustimmung. Er
war vor allem daran interessiert Näheres über diese neue Droge
in Erfahrung zu bringen, und wenn sich die Möglichkeit bot eine
Verbreitung vor herein zu unterbinden.
Frank Wismut sollte das Drogendezernat unterstützen mit seinen
Informationen über die von Scheller genannten Personen. Fred
hatte sich schon mit dem Leiter der Rechtsmedizin verabredet.
Lydia versuchte Hermann Lotius zu erreichen, sie wollte dessen
Befragung schnell hinter sich bringen. Doch daraus wurde vorerst nichts, Lotius war nicht im Hause so entschied sie sich Fred
in die Rechtsmedizin zu begleiten.
    Grünert empfing sie sichtlich angespannt, er schien mit seinen
Untersuchungen voran gekommen zu sein:
    „Lydia, schön Sie zu sehen, Schwarzer hat mir gesagt Sie hät-
ten sich entschieden wen sie zu ihrem neuen Partner machen
wollen. Da bin ich aber gespannt wer der Glückliche ist. Leider
bin ich nicht dreißig Jahre jünger und auch nicht Kriminal-

beamter. Sonst wären Sie mit Sicherheit nicht an mir vorbei gekommen."

Dabei strahlte er sie mit seinem schönsten Lächeln an und zwinkerte mit den Augen.

Sie lachte und konterte:

„Grünert, Sie sind immer noch der Charmeur den ich so gern habe. Aber wenn es denn so wäre hätten wir einen hervorragenden Rechtsmediziner weniger, und unsere Arbeit würde lange nicht so effektiv sein."

Fred schaltete sich ein.

„Habt ihr jetzt genug geturtelt, ich will ja nicht stören aber wir müssen vorankommen."

Grünert setzte seine Brille auf, griff sich seine Unterlagen seufzte und bat die beiden ihm in sein wie er es nannte -Behandlungszimmer- zu folgen. Unterwegs stupste er Fred an und knurrte: „Spielverderber."

Dann begann er:

„Ich habe gerade die ersten vorläufigen Ergebnisse vom BKA bekommen, die allerdings noch nicht sicher sind."

Ging zu einer der Kühlboxen und zog den Leichnam des Toten aus dem Sperrmüll hervor.

„Der Mann ist wahrscheinlich an einer Vergiftung gestorben und zwar an einer Substanz die ganz schwer nachzuweisen ist. Es handelt sich dabei um ein Cannabinoid das in Verbindung mit Alkohol zum Nierenversagen führt. Sicher können wir aber erst sein wenn das Speziallabor, das vom BKA mit der Untersuchung beauftragt worden ist, mit seiner Analyse fertig ist."

Er sah zu dem Toten hinunter.

„Soviel ist sicher, der Mann hat keine Schmerzen gehabt vor seinen Tod, der hat nichts gemerkt".

Lydia lief ein kalter Schauer über den Rücken. Grünert schob den Leichnam wieder in die Box und wandte sich dem Sektionstisch zu auf dem der Körper Jankovs lag.

„Und sie werden es nicht glauben. ich habe in der Niere dieses jungen Mannes Spuren der gleichen Substanz gefunden wie bei dem Anderen. Wenn ich mit meiner Annahme recht habe dann wäre der Junge spätesten eine halbe Stunde nach dem Sturz vom Dach auch an Nierenversagen gestorben."

Er legte seine Papiere zur Seite, nahm die Brille ab und blickte zu Lydia und Fred hinüber. Die standen wie angewurzelt, das hatten sie nicht erwartet. Lydia fing sich als erste.

„Wenn ich alles richtig verstanden habe, und ich zweifle nicht an Ihrer Kompetenz, dann haben wir es also mit zwei Mordfällen zu tun?"

Grünert nickte und wandte sich noch einmal der Leiche zu:

„Da ist noch etwas das mir erst später aufgefallen ist."

Hielt inne und deutete auf eine Stelle unterhalb des Schüsselbeins.

„Hier sehen Sie, zuerst dachte ich das wäre eine Tätowierung. Aber bei der näheren Untersuchung bei beiden Toten stellte sich heraus das es sich eher um so etwas wie ein Brandmal handelt. Erkennen kann man ganz deutlich ein Paragrafenzeichen. Bei dem Mann aus dem Sperrmüll verbunden mit einer römischen Eins, bei dem jungen Mann hier verbunden mit einer römischen Drei. Was das zu bedeuten hat ist an Ihnen herauszufinden. Ich glaube dass es sich in beiden Fällen um Mord handelt. Sie wissen ich wette gerne und hier würde ich ein Abendessen mit Ihnen gegen meine alte Brille setzen das ich recht habe."

Jetzt mussten alle drei lachen und die bedrückende Atmosphäre entspannte sich. Fred gab ihm einen Knuff in die Seite und sagte:

„Du alter Schwerenöter, ein Abendessen mit Lydia gegen deine alte Brille, wer soll denn da einschlagen?"

Lydia nahm seinen Arm:

„Das Abendessen mit mir haben Sie sich ohnehin verdient auch ohne Wette, und die alte Brille nehme ich gern fürs Kriminalmuseum."

Fred blieb noch bei Grünert der wollte seien vorläufigen Bericht zu Ende bringen und Fred sollte diesen dann gleich mitnehmen und Schwarzer und den Staatsanwalt informieren. Auf dem Weg ins Revier rief Frank sie an. Das Sekretariat von Lotius hatte nachgefragt ob ein Termin an heutigen Nachmittag möglich sei. Sie stimmte sofort zu gespannt darauf was sie dort erwarten würde.

15

Der Weg zu dem Anwesen führte über eine Nebenstraße direkt bis vor ein riesiges Eingangstor. Dort angekommen wurden sie von einem Wachmann angehalten. Der sie bat ihren Wagen auf dem Parkplatz draußen stehen zu lassen, und mit einem bereit gestellten Elektro-Buggy zu dem Haus zu fahren.

Sie wäre lieber zu Fuß gegangen und hätte sich gern ein Bild von der Umgebung gemacht, aber der Wachmann blieb stur und forderte sie auf in den Buggy zu steigen. Trotzdem gelang es ihr, ungefähr einzuschätzen dass es sich hier um ein riesiges Gelände handelte das mit alten und neuen Gebäuden bebaut war. Die älteren Anwesen sahen aus wie Bauernhäuser, die neueren wie Bungalows. Am Haupteingang wurden sie von einem anderen Wachmann in Empfang genommen der sich ihre Ausweise zeigen ließ. Dann bat er sie ins Haus und führte sie an eine Art Rezeption. Eine Dame mittleren Alters nahm sie in Empfang.

„Frau Brock und Herr Wismut, bitte sehr, Herr Dr. Lotius erwartet Sie."

Winkte den Wachmann zu sich heran und sagte:

„Begleiten Sie die Herrschaften zu dem Professor."

Frank sah zu Lydia hinüber, rollte mit den Augen und raunte ihr zu:

„Jetzt fehlt noch das die uns auffordern unsere Waffen abzugeben!"

Sie nahm seinen Ärmel und zog ihn zu sich heran.

„Ruhig bleiben, ich bin gespannt was uns erwartet, komm!"

Der Wachmann drückte auf einen Kopf und die Tür öffnete sich. Sie traten in einen mittelgroßen Raum der nur ganz spärlich möbliert war. Auffallend war nur ein riesiger Schreibtisch der vor einem Fenster stand durch das grelles Licht fiel. Dahinter stand ein mittelgroßer Mann mit fast weißem Haar in einen weißen Kittel gekleidet. Er bat sie näher zu kommen und reichte Lydia die Hand. Frank wurde mir einem leichten Nicken bedacht. Sie konnte nur kurz in seine Augen sehen, aber das hatte schon gereicht. Sie begann zu frieren, die Hand war eiskalt. Er bat sie, Platz zu nehmen. Dabei bemerkte sie, das die Stühle auf die Frank und sie sitzen konnten, so gestellt waren, das beide voll in das grelle Licht sehen mussten. Lydia störte das sehr denn sie konnte dadurch ihren Gegenüber nur schlecht erkennen. Demonstrativ holte sie ihre Sonnenbrille hervor und setzte diese auf. Frank schmunzelte in sich hinein und tat es ihr nach. Lotius zog die Augenbrauen zusammen und schien verärgert sagte aber nichts.

„Sie wissen warum wir gekommen sind?"

Lotius nickte und antwortete mit hoher unangenehmer Stimme:

„Ja, meine Mutter hat mich angerufen und mir geraten Ihre Fragen zu beantworten wobei es darum eigentlich geht weiß ich allerdings nicht."

„Und, was können Sie uns über den Verbleib des Handys sagen. Benutzen Sie das, oder wer kommt da in Frage?"

Er bog seinen Kopf zur Seite, zog eine Schublade an seinem Schreibtisch heraus und sagte schmallippig:

„Ich kann Ihnen nicht sagen wo das Handy ist. Ich habe es, nachdem meine Mutter es nicht haben wollte, irgendwo abgelegt und mich nicht weiter darum gekümmert. Nur soviel, es war eins mit Prepaid Karten von denen ich ausreichend dabei hatte, aber wenn sie es wünschen rufe ich meine Sekretärin herein. Die kümmert sich normalerweise um diese Dinge und weiß besser in meinem Kram Bescheid als ich."

„Ja bitte, tun Sie das, wir warten."

Ihr Ton dabei war scharf, sie wollte versuchen den Mann in die Defensive zu bringen. Der hatte wohl schon auf einen Knopf unterhalb der Schreibtischplatte gedrückt, erstaunlich schnell erschien die Dame die sie an der Rezeption empfangen hatte.

„Sagen Sie, wissen Sie wo das Handy sein kann das ich meiner Mutter zu Weinachten gekauft habe, die das aber nicht haben wollte?"

Die Frau zögerte einem Moment mit der Antwort, als warte sie auf ein Zeichen von ihm was sie sagen sollte.

„Na, was sagen Sie, wissen Sie nun was oder nichts!

Die Herrschaften sind von der Kriminalpolizei und denken womöglich ich wäre da in etwas verwickelt, wenn wir nicht klären können was mit diesem verdammten Handy ist."

Die Frau war dadurch noch mehr verunsichert riss sich aber zusammen und stammelte:

„Ich habe das Handy nur an dem Tag nach dem Besuch bei Ihrer Mutter gesehen. Es lag auf dem Beistelltisch in der Sitzgruppe."

Dabei deutete sie auf einen kleinen Tisch, der in der hintersten Ecke des Raumes stand.

„Danach habe ich das Gerät nicht mehr gesehen und gedacht Sie hätten es an sich genommen."

„Hab ich aber nicht!" antwortete Lotius gereizt.

„Sehen Sie im Terminkalender nach wer in den Tagen danach hier war und geben Sie uns gleich Bescheid. Sonst werden die von der Kripo noch misstrauisch. Ich will das jetzt sofort geklärt haben."

Lydia achtete auf jedes Wort und Nuancen im Tonfall der beiden. Wurde hier Theater gespielt oder war das Handy wirklich spurlos verschwunden? Lotius setzte sich wieder und faltete seine Hände dabei murmelte er vor sich hin:

„Lächerlich, wegen eines Handys solche Aufregung."

Sie hakte sofort nach.

„Lächerlich? Ich bitte Sie, wollen Sie uns damit sagen das wir ohne triftigen Grund hierher gekommen sind. Es handelt sich schließlich um einen Todesfall. Wir müssen herausbekommen, wer von diesem Handy aus das letzte Gespräch mit dem jungen Mann auf dem Dach geführt hat, denn derjenige könnte ein wichtiger Zeuge sein."

Sie merkte wie er immer nervöser wurde und goss noch mehr Öl ins Feuer.

„Eventuell handelt es sich sogar um Mord und da wollen Sie doch nicht hineingezogen werden, oder?"

Lehnte sich zurück und beobachtete ihn weiter sehr genau. Kurz darauf trat die Empfangsdame herein mit dem Terminkalender in der Hand und las einige Namen vor. Er riss ihr den Kalender förmlich aus der Hand und schnauzte:

„Geben Sie schon her, Sie können gehen!"

Die Frau warf den Kopf in den Nacken und rauschte davon. Er studierte den Kalender und sagte dann endlich:

„Das sind alles Patienten die an diesen Tagen hier waren. Ich kann mir nicht vorstellen das jemand von denen das Handy eingesteckt haben könnte."

Sie nahm ihre Sonnerbrille ab und beugte sich zu ihm hinüber:

„Und jetzt wollen Sie mir sagen, wegen Ihrer ärztlichen Schweigepflicht können Sie uns die Namen dieser Personen nicht geben, stimmt's?"

Sie hatte erreicht was sie wollte. Er fühlte sich in die Enge getrieben. Seine Reaktion gab ihr recht er sprang auf und legte los:

„Ich kann das Gespräch auch beenden und meinen Anwalt rufen, aber ich weiß wirklich nicht wer das Handy an sich genommen hat. Die Patienten kommen nicht in Frage, weil es hier eine Absprache gibt die das Benutzen von Handys während der Dauer der Therapie untersagt. Außerdem sind diese Leute ja schon seit Monaten nicht mehr hier. Das einzige das weiterhelfen könnte wäre der Sicherheitsdienst. Wenn Sie wollen rufe ich den Leiter dieser Abteilung."

„Ja bitte tun sie das! Oder halt, ich mache Ihnen einen Vorschlag. Das zu klären wird doch sicher einige Zeit in Anspruch nehmen. Sie untersuchen das mit dem Leiter ihres Sicherheitsdienstes. Das ist doch auch wohl ein Teil seines Aufgabengebietes und informieren uns dann gleich!"

Sie wartete gespannt auf seine Reaktion. Er schien zumindest erleichtert ließ sich aber nicht viel anmerken und fragte dann nur noch:

„Soll der Sicherheitschef sich melden?“

Sie waren schon aufgestanden.

„Ich sagte, Sie Herr Dr. Lotius melden sich bei mir oder meinem Kollegen! Hier sind unsere Karten mit den direkten Durchwahlmöglichkeiten. Und noch eins! Können Sie anordnen, dass wir zu Fuß zum Tor gehen können?“

Er sah sie nicht an und sagte:

„Es tut mir leid das kann ich Ihnen aus Sicherheitsgründen nicht gestatten. Sie werden von einem Wachmann mit dem Buggy zur Tor gebracht!“

Zuckte mit den Schultern und fuhr fort:

„Tut mir leid wir haben da unsere internen Vorschriften.“

Auf dem Weg zu ihrem Wagen hielt Lydia Frank zurück.

„Sieh mal, diese Hecke. Es sieht so aus, als wenn die um das ganze Gelände herumführt, lass uns das mal näher ansehen.“

Er stutzte und bemerkte beim genaueren Hinsehen das es sich um ein ca. zwei Meter hohe Mauer handelte die mit Buschwerk fast ganz zugewachsen war. Auf der oberen Kante war ein doppelter Draht gespannt. Sie gingen ein Stück an der Mauer entlang und er deutete auf kleine Porzellankügelchen die in regelmäßigen Abständen an den Drähten angebracht waren.

„Elektrischer Draht, warum ist die Anlage denn so stark abgesichert. Will Lotius dafür sorgen das seine Patienten nicht abhauen?“

Sie erwiderte:

„Ich glaube eher, er will verhindern das hier jemand rein kommt.“

Dann bemerkten sie das ein Wachmann ihnen folgte, sie genau beobachtete und dabei dauernd in sein Funkgerät sprach.

„Lass uns gehen Frank, ich habe genug gesehen.“

Sie warf ihm den Autoschlüssel zu.

„Fahr du, ich will Herbert Krause anrufen der muss versuchen mit Hilfe seiner Kollegen von der Zeitung mehr über diese Klinik heraus zu bekommen."

Während der Fahrt sagte Frank noch:

„Warum hast du den Lotius denn vom Haken gelassen? Der war doch schon fast soweit und wäre bald explodiert."

Sie antwortete:

„Ich glaube, wenn der wirklich nicht weiß wo das Handy geblieben ist, dann wird er alles daran setzen um herauszufinden wo es denn geblieben ist. Wenn er heraus bekommt wer das Handy an sich genommen hat dann wird er uns denjenigen benennen und anzeigen. Er wird dann also einen Teil unserer Arbeit machen. Hat er jedoch, wie auch immer, etwas zu verbergen, werden wir uns seine Geschichte anhören müssen und dann daraus unsere Schlüsse ziehen. Ich vermute dann wird er uns mit seinem Anwalt kommen, und die Sache so darstellen dass das Handy verschwunden bleibt und er nicht belangt werden kann es benutzt zu haben. Der glaubt doch er ist hier Gottvater und kann seine psychologischen Spielchen mit uns treiben. Aber Frank, wir sind vorerst noch im Vorteil. Jetzt ist er am Zuge und ich bin gespannt wie er reagiert."

Frank sah sie bewundernd von der Seite an und sagte:

„Und an welche Möglichkeit glaubst du?"

Sie sah zu ihm hinüber.

„Ich weiß nicht genau, aber ich hab so ein Gefühl das ich schon von Beginn an hatte. Wir werden eine Überraschung erleben, es wird etwas dabei herauskommen mit dem wir gar nicht rechnen. Auch deshalb habe ich vorhin diese Gelegenheit benutzt um ihn unter Druck zu setzen. Aber lass mich eben noch

Scheller anrufen. Der kann uns sicher sagen wie es so zugeht in einer Suchtklinik."

Scheller hatte Zeit für sie, allerdings erst in einer Stunde.

„Komm, lass uns in der Zeit ein Eis essen gehen ich brauche jetzt eine Erfrischung."

Frank war froh über diese Pause und konnte etwas verschnaufen. Das ging ihm alles viel zu schnell, er hatte Mühe dem Arbeitstempo Lydias zu folgen. Die Fähigkeit seiner Partnerin die entscheidenden Dinge sofort zu erfassen, und zu reagieren beeindruckte ihn sehr. Irgendwie kam er sich ziemlich klein vor, deshalb sagte er auch kein Wort mehr. Sie gingen in das kleine Cafe am Hafen und setzten sich auf die Terrasse. Lydia hatte wohl bemerkt wie es in Frank arbeitete deshalb sagte sie nachdem sie an ihrem Eis genascht hatte:

„Frank, mach dir keine Sorgen, an meine Arbeitsweise wirst du dich schnell gewöhnen. Daran ist auch nichts Besonderes vor dem du dich schlecht fühlen musst. Nimm es einfach so wie es ist. Ich mache auch Fehler und dann ist es an dir mich darauf aufmerksam zu machen, versprochen?"

16

Scheller erwartete sie schon ungeduldig und kämpfte damit ob er ihr von seinem nächtlichen Ausflug erzählen sollte. Er entschied sich nichts zu sagen wobei er fühlte dass das ein Fehler war. Lydia war erschrocken als sie ihn ansah, er sah noch schlechter aus als bei ihrem letzten Treffen.

„Klaus, was ist mit Ihnen, ist es die Wunde, haben Sie Schmerzen?"

Er winkte ab.

„Schon gut, lassen Sie nur ich habe schlecht geschlafen, bitte wie kann ich Ihnen helfen?"

Sie schilderte ihren Eindruck von dem Besuch bei Lotius und fragte:

„Ist es denn üblich bei Suchtkliniken das die so abgesichert sind. Und was wir auch wissen müssen, wie geht es in so einer Einrichtung zu, wie ist da der Tagesablauf?"

Er zog eine Schublade an seinem Schreibtisch auf, kramte einige Prospekte hervor und drückte Frank diese in die Hand. Der sah erstaunt zu Lydia hinüber und blätterte darin. Scheller deutete auf die Prospekte und fuhr fort:

„Hier in diesen Prospekten ist der Tagesablauf für die Patienten in verschiedenen Kliniken genau beschrieben. Je nachdem richtet sich dieser danach ob eine Entgiftungsstation angegliedert ist oder nicht. Kurz zusammengefasst ist es fast überall so, dass die Patienten in den ersten Wochen keinen Kontakt zur Außenwelt haben. Das Tagesprogramm wird von der Klinikleitung festgelegt. Die Insassen müssen alles selbst machen, wie Reinigungsarbeiten usw. Nur die Mahlzeiten werden von externem Personal zubereitet. Wer sich nicht an die Hausordnung hält fliegt raus."

Sie hakte ein.

„Was ist mit den Therapeuten oder Ärzten, die werden doch auch gebraucht?"

Scheller nickte und holte aus seinen Unterlagen eine Liste hervor.

„Hier ist eine Aufstellung über die Kliniken mit denen wir zusammen arbeiten. Bei den Therapeuten kommt es ganz drauf an um was für eine Klinik es sich handelt, ob Alkohol-, Drogen- oder Medikamententherapie. Das wird unterschiedlich gehandhabt, einige arbeiten mit fest angestellten Therapeuten andere mit ambulanter Therapie."

„Und kennen Sie eine Einrichtung die so abgesichert ist wie die von Lotius. Wir haben zwar nicht viel davon gesehen, die Wachmänner waren ständig in unserer Nähe, das fand ich doch ziemlich ungewöhnlich?"

Scheller zögerte einen Moment.

„Ich kann Ihnen nur schildern wie es in den Einrichtungen aussieht mit denen wir zusammen arbeiten. Ob es private Kliniken gibt die ähnlich ausgestattet sind wie die von Lotius weiß ich nicht genau. Auf jeden Fall ist das sehr ungewöhnlich."

Sie war nicht zufrieden mit dem was Scheller bisher vorgetragen hatte und bohrte weiter.

„Und, ist Ihnen vielleicht bekannt ob jemand aus dieser Gegend schon mal dort eine Therapie gemacht hat?"

Wieder hielt er einen Augenblick inne und fuhr dann fort:

„Wissen Sie Lydia, wir haben es meistens mit der schwächsten Seite unserer Gesellschaft zu tun. Leute die es sich leisten können in eine private Suchtklinik zu gehen wenden sich an ihren Psychiater oder haben im Freundeskreis oder ihrer Familie Kontakte. Allerdings hört man so einiges munkeln."

Wieder eine Pause, sie wurde ungeduldig.

„Klaus, nun raus damit, kennen Sie jemanden der schon bei Lotius in Behandlung war?"

„Nein, ich kenne niemanden, aber es heißt in Fachkreisen, dass sich dort einige Prominente auch aus Bremen behandeln lassen."

„Was ist mit den Therapeuten kennen Sie einen von denen?"

Wieder verneinte er fügte dann aber hinzu:

„Ich glaube die kommen von außerhalb und wechseln ständig. Das ist alles was ich darüber weiß und das auch nur vom Hörensagen."

Sie sah ein das sie so nicht weiter kamen:

„Ich glaube wir müssen uns vorerst damit begnügen und abwarten was die Leute von der Zeitung herausfinden können. Komm Frank wir gehen."

Scheller brachte sie zur Tür, er kämpfte mit sich ob er ihr nicht doch von seinem nächtlichen Ausflug erzählen sollte. Sie spürte das er noch was sagen wollte und sprach ihn direkt an.

„Klaus haben Sie uns noch irgend etwas zu sagen das wir wissen müssen?"

„Nein, nichts besonderes, aber ich kann ja noch einmal im Kollegenkreis rumfragen ob der eine oder andere etwas mehr über die Lotiusklinik weiß."

Unterwegs ins Revier sagte sie zu ihren Begleiter:

„Sag mal Frank, täusche ich mich oder verheimlicht Scheller uns etwas. Ich habe das Gefühl der ist dabei eine Dummheit zu machen."

Frank nickte.

„Ja, das stimmt, es hatte den Anschein als wenn er etwas zurückhält. Ich glaube allerdings nicht dass das im Zusammenhang mit der Lotiusklinik steht. Es geht ihm wohl mehr um seine Leute die von der Gruppe hier betreut wurden und jetzt nicht aufzufinden sind."

Sie schüttelte mit dem Kopf.

„Hoffentlich fängt der nicht an selber Nachforschungen zu betreiben."

17

Als die beiden gegangen waren ging Scheller ins Sekretariat und meldete sich mit der Begründung ab, ihm ginge es nicht gut und er wolle deshalb vorsichtshalber seinen Hausarzt aufsuchen. Die Akten der Leute die verschwunden waren hatte er immer noch bei sich. Zu Hause setzte er sich an seinen Computer und scannte die Unterlagen ein. Danach legte er sich hin um ein wenig auszuruhen. Heftiges Klopfen an seiner Terrassentür weckte ihn. Vor dem Fenster stand die Frau aus der Wohnung von Jankov. Er ließ sie herein.

„Wie kommst du denn hier her? Ich denke du bist im Krankenhaus?"
Sie antwortete nicht gleich, sondern flegelte sich in einen der Sessel.

„Bin abgehauen, die können mir sowieso nicht helfen, aber ich hab was für dich. Du wunderst dich warum ich hierher gekommen und nicht zu dem Typen von der Polizei gegangen bin?"
Scheller versuchte sie zu bremsen.

„Was kannst du denn schon für mich haben, was soll das?"

„Ha, ich weiß wonach ihr sucht, ihr wollt wissen woher Jankov das Geld hatte um sich die feinen Klamotten zu kaufen. Mich wollte er nur fürs Bett, und als ich ihn angehauen hab mal was von der vielen Kohle rüber zu schieben hat er sich verpisst. Mich hat er da alleine sitzen lassen und die anderen haben dann dauernd was von mir gewollt, du weißt schon...!"
Dabei deutete sie eine obszöne Geste an.

„Das soll er mir bezahlen!"
Scheller setzte sich neben sie nahm ihre Hand und sagte:

„Jankov ist tot. Der hat sich vom Dach gestürzt, wusstest du das nicht oder tust du nur so blöd?"

Ihre Augen waren weit aufgerissen.

„Tot, nein woher sollte ich das wissen meistens war ich doch breit."

„Schon gut, jetzt weißt du es ja und wenn du etwas über die Herkunft des Geldes weißt dann musst du das der Polizei sagen und nicht mir. Und überhaupt warum ich, du hast doch früher gesagt, mit mir als Therapeuten würdest du nicht klar kommen."

„Ich hatte gedacht du kannst mir was geben damit ich besser über den Entzug komme. Ins Krankenhaus geh ich nicht, die haben mich behandelt wie Dreck."

Scheller dachte, sagte es aber nicht.

„Kein Wunder so wie du ausgesehen hast."

Irgendwie tat sie ihm leid, den er kannte die Probleme die jetzt auf sie zukamen:

„Ich kann dir nichts geben, du musst zur Entgiftung oder zu einem Arzt der dir was aufschreibt, so geht das nicht."

„Zu den Bullen geh ich nicht, denn such ich mir lieber den Typen der Jankov das Geld gegeben hat, denn ich weiß, dass er mit dem einen Vertrag gemacht hat, ha!"

Scheller fühlte sich schlecht was sollte er nur tun, und er wusste dass das was er jetzt tun würde falsch war.

„Was soll das denn wieder bedeuten, Jankov hat mit wem einen Vertrag gemacht, wie kommst du darauf."

Sie antwortete nicht gleich sagte dann aber:

„Wenn du mir was gibst sage ich dir was ich weiß. Ich habe nämlich auf seiner Brust so ein komisches Mal gesehen, sah aus wie eine Narbe. Jankov hat gesagt das wäre sein Schlüssel zu viel Geld, wegen dem Vertrag und so, mehr darüber kam nicht von ihm."

Er überlegte einen Moment und dachte daran, dass wenn er weiter nachfragen würde sich vielleicht eine Möglichkeit ergeben könnte etwas über das Verschwinden der Männer und die neue Droge zu erfahren.

„Na gut, ich helfe dir, ich besorge was gegen den Entzug und du gehst nach Hause und erholst dich erst einmal, und dann reden wir weiter."

„Nach Hause, du bist gut da haben sie mich doch rausgeschmissen, kann ich nicht hier bei dir bleiben?"
Ihm wurde heiß im Nacken, warum war er nur drauf und dran gegen alle Vorschriften zu verstoßen? Aber irgendwie stand er wie unter einem Zwang. So willigte er ein sagte ihr, wo sie sich im Hause aufhalten konnte und:

„Ich geh jetzt mal kurz weg und hol was für dich. Aber rühr hier nichts an, sonst fliegst du raus, klar!"
Sie nickte nur und hatte sich schon auf die Couch gelegt, die war völlig fertig. Er ging in sein Büro und holte einige Tabletten dabei überlegte er ob er die Gelegenheit nutzen sollte um zur Polizei zu gehen. Wieder in seinem Haus fand er die Frau so vor wie er sie verlassen hatte, sie war auf der Couch eingeschlafen. Er griff zum Telefon hatte die Nummer der Brock schon halb gewählt legte dann aber wieder auf, die Frau war aufgewacht.

„Hast du mir was mitgebracht ich halte das nicht mehr aus, bitte hilf mir doch!"
Er kannte diesen Zustand nur zu gut, und wusste was die Frau jetzt durchmachen würde wenn sie keine Medikamente bekam, auch könnte es wieder zu einem Krampfanfall kommen. So gab er ihr die Tabletten und hoffte dass das alles gut gehen würde. Wohl war ihm nicht dabei in seiner Haut, warum hatte er sich das nur aufgeladen? Er beruhigte sich selbst damit dass er vielleicht

von ihr erfahren konnte was mit den verschwundenen Leuten war. Denn sie hatte ja angedeutet das sie wüsste wo Jonkov das Geld her hatte. Und was war mit dem von ihr erwähnten Vertrag und dann diese Bemerkung über die Narbe auf der Brust von Jankov? Oder spielte die ihm auch was vor und war nur darauf aus einen Unterschlupf zu finden. Aber das war jetzt auch egal er musste mit dieser Situation zurechtkommen.

Nachdem sie wieder eingeschlafen war nahm er sich seine Liste über die verschwundenen Personen vor und überlegte ob er es noch einmal versuchen sollte etwas über deren Verbleib zu erfahren. Die Frau würde jetzt mindestens drei bis vier Stunden schlafen, also machte er sich auf den Weg zur der ihm am nächsten gelegenen Adresse. Vor dem Haus zögerte er einen Augenblick es brannte nirgendwo Licht so ging er zu seinem Wagen zurück um eine Taschenlampe zu holen. Dazu musste er an den Kofferraum seines Wagens. So sehr mit seinen Gedanken beschäftigt, dass er nicht bemerkte wie jemand hinter ihn trat.

Der Schlag traf ihn hinter dem rechten Ohr, das spürte er noch danach war alles schwarz!

18

Der Anruf kam gegen Mittag, Lydia war dabei mit ihren Kollegen und Schwarzer zu besprechen wie sei weiter vorgehen sollten. Sie war mit dem bisher Erreichten nicht zufrieden. Der Vorschlag eine Fahndung nach einem Mann im hellen Mantel heraus zu geben wurde verworfen. Sie wollten nicht riskieren das er aufmerksam wurde und womöglich auf das Tragen des Mantels verzichtete, denn das schien ja so eine Macke von ihm zu sein. Es war eine Mitarbeiterin Schellers die angab dass der nicht zur Arbeit erschienen war. Das sei sehr ungewöhnlich, in der Regel sei er morgens der Erste und abends der Letzte im Dienst. Auch zu Hause war er nicht zu erreichen auch über sein Handy nicht. Sie machten sich alle großen Sorgen. Lydia ließ sich die Adresse geben und bat darum das ein Mitarbeiter sich bereit hielt um sie zu begleiten.

Auf ihr Klingeln hin rührte sich nichts im Haus, sie sahen sich genau um und gelangten an die offene Terrassentür. Drinnen fanden sie dann die schlafende Frau, von Scheller keine Spur. Sie versuchten die wach zu bekommen und holten den Arzt vom Kriseninterventionsdienst. Nach einer Weile war die Frau soweit und ansprechbar. Lydia hatte versucht ihr klar zu machen dass das hier eine ernste Angelegenheit war und sie erklären musste warum sie sich hier im Hause Schellers aufhielt und wo der sein könnte. Die Frau sah wohl ein dass das was sie vor gehabt hatte, jetzt nicht mehr zu machen war und erzählte alles was vorgefallen war und warum sie Scheller aufgesucht hatte. Dann begannen sie nach den Akten zu suchen bis Frank diese im Computer fand. Hatte Scheller sich auf den Weg gemacht und versucht den Mann im hellen Mantel ausfindig zu machen?

Die Frau wurde auf Anordnung des Arztes wieder ins Krankenhaus gebracht.

„Siehst du, Frank ich habe ihn gewarnt, aber irgendwie habe ich es geahnt dieser Dummkopf hoffentlich geht das gut."

Frank erwiderte:

„Was können wir tun, wir haben keinerlei Anhaltspunkte wo wir suchen sollten, es bleibt uns nichts als zu warten. Sie nickte.

„Ja, hoffentlich meldet er sich bald. Nur ich denke, wir sollten nicht zu lange warten."

Auf dem Weg zum Revier klingelte ihr Handy.

„Wir haben Scheller! Morgen steht in der Zeitung das sie die Untersuchungen über den Fall des jungen Mannes der sich vom Dach gestürzt hat abgeschlossen haben, weil das ein Unfall war. Ist das nicht der Fall können Sie das was von Scheller übrig ist dort holen, wo wie es Ihnen dann sagen. Ist das klar!"

Lydia war stehen geblieben und hielt den Arm von Frank. Zeigte auf ihr Handy.

„Ich weiß nicht wer das war, aber sie haben Scheller und drohen ihn umzubringen, wenn wir die Untersuchungen im „Fall Mann auf dem Dach" nicht einstellen. Das soll morgen in der Zeitung stehen. Wir müssen sofort handeln komm schnell."

Beide hetzten so schnell es ging ins Revier riefen Fred dazu und Schwarzer, der informierte den Staatsanwalt und den Leiter des Drogendezernats.

Als alle beisammen waren ergriff der Staatsanwalt das Wort und blickte Lydia dabei an.

„Nun Frau Brock, jetzt haben Sie ja schon fast ihre Sonderkommission zusammen, was können Sie uns berichten, handelt es sich wirklich um eine Geiselnahme und wie konnte es dazu kommen. Was hat dieser Scheller überhaupt mit der Sache zu tun?"

Sie überlegte kurz ob sie die Rolle Schellers genau beschreiben sollte sah aber keine Möglichkeit ihn da raus zu halten. Jetzt mussten die Fakten auf den Tisch. Sie trat an die Demowand an der die Ergebnisse und Zusammenhänge aufge-zeichnet waren und begann:

„Vorab, ich glaube nicht das Scheller in Lebensgefahr ist!"

Erstauntes Murmeln in der Runde, Schwarzer fragte:

„Aber Frau Brock, Sie haben doch den Anruf des Mannes entgegen genommen der gedroht hat, dass wir die Reste von

Scheller einsammeln können, wenn wir seiner Forderung nicht nachkommen. Wie kommt der Mann, es war doch ein Mann? an ihre Handynummer und haben sie denn einen Verdacht wer das sein könnte etwa der Mann im hellen Mantel?"

„Das der Mann der mich angerufen hat Scheller in seiner Gewalt hat ist absolut sicher, denn meine Handynummer kann er nur von Scheller haben. Ich habe ihm diese gegeben für alle Fälle. Ob das der Mann im hellen Mantel ist weiß ich nicht, eher denke ich dabei an einen von Lotius Leuten."

Der Staatsanwalt war dicht an Lydia herangetreten und sah sie erstaunt an:

„Aber Frau Brock, ich bitte Sie!"

„Was soll der denn damit zu tun haben. Das ist jetzt aber von sehr weit hergeholt. Nur weil er nicht sofort nachweisen konnte, wo dieses Handy, das ja wohl eine so entscheidende Rolle in ihren Überlegungen spielt, abgeblieben ist."

Dann sah er Schwarzer an als wolle er sagen:

„Was soll das, warum greifen sie nicht ein?"

Lydia war der Blickkontakt des Staatsanwaltes mit ihrem Abteilungsleiter nicht entgangen. Sie sah zu ihm hinüber, der nickte nur und sie wusste er stand hinter ihr. An den Staatsanwalt gewandt sagte sie nicht ohne einen gewissen Unterton in ihrer Stimme:

„Wenn Sie an meiner Kompetenz zweifeln geben Sie den Fall doch weiter. Das wir es jetzt mit einer Geiselnahme zu tun haben ist doch nicht meine Schuld. Wenn Sie erlauben erkläre ich meine Beweggründe. Ich bin davon überzeugt das Lotius eine ganz entscheidende Rolle spielt. Warum sollte der Ent-führer von Scheller denn fordern das in der Zeitung steht, die Ermittlungen im Fall Jankov sind eingestellt, weil es sich heraus gestellt hat dass das ein Unfall war? Das ergibt doch keinen Sinn. Dieser ist aber vorhanden, wenn ich davon ausgehe das Lotius nicht nachweisen kann wo das Handy abgeblieben ist. Durch unseren Besuch bei ihm in der Klinik ist er unter Zugzwang geraten. Also schickt er jemanden los um Druck auf uns auszuüben. Damit erreicht er dann auch gleich, wenn wir seiner Forderung nachkommen das wir ihm nicht sozusagen nicht näher auf die Pelle rücken können. Ich meine damit eine eventuelle Hausdurchsuchung in seiner Klinik. Die würde uns kein Richter ausstellen nach dem Zeitungsartikel. So hätte er also Ruhe, er will auf jeden Fall vermeiden das wir auf dem Gelände Nachforschungen anstellen, weil er etwas zu verbergen hat, und dabei geht es nicht um das Handy."

Sie holte tief Luft und fügte hinzu:

„Das heißt aber noch lange nicht das er etwas mit den Morden oder dem Mann im hellen Mantel zu tun hat, ich..."

Wieder unterbrach sie der Staatsanwalt aufgeregt seine Brille schwenkend:

„Halt, halt das geht mir alles zu schnell."

„Was sollte Lotius denn zu verbergen haben?"

Jetzt griff Schwarzer ein, er hatte bemerkt das die Situation zu eskalieren drohte:

„Frau Brock, Sie denken also es gibt da einen Zusammenhang zwischen den Morden, dem Mann im hellen Mantel und Lotius. Womit können Sie das begründen?"

Sie wartete bis das Gemurmel sich gelegt hatte und heftete ein vergrößertes Foto von der Mauer an dem Gelände der Klinik an die Wand.

„Warum ist eine normale Suchtklinik so abgesichert, das keiner da reinkommt? Diskretion wegen prominenter Patienten?

Nein, ich bin sicher darin werden nicht nur Patienten behandelt da wird auch etwas produziert."

Jetzt schaltete der Leiter des Drogendezernates sich ein:

„Frau Brock, denken Sie denn diese neue Droge, von deren Existenz ja bisher noch nichts sicher ist, wird in dieser Klinik hergestellt oder gelagert?"

Sie war froh über diesen Einwand das stärkte ihre Position, sie nickte und fuhr fort:

„Ich kann das noch nicht beweisen. Aber jetzt mit dem Auftrag Scheller zu entführen hat Lotius einen Fehler gemacht. Er wird nicht zulassen das ihm etwas passiert, nur ablenken und sich in bezug auf den Verbleib des Handys Luft verschaffen uns gegenüber. Aber er hat damit meine Aufmerksamkeit auf die eben genannten Umstände gezogen, so hat er das bestimmt nicht beabsichtigt."

Der Staatsanwalt hatte sich wieder gesetzt, seiner Stimme war anzumerken wie gereizt er war.

„Und was schlagen sie vor?"

Dabei nahm er ständig seine Brille ab und schüttelte immer wieder mit dem Kopf, als wolle er sagen das kann nicht sein die Frau ist überdreht. Lydia ließ sich jedoch nicht aus der Ruhe bringen und sagte:

„Wir sollten die Mitteilung an die Presse geben so wir er es verlangt. Dann werden wir erfahren, das Lotius uns durch seinen Anwalt mitteilen lässt, das gesuchte Handy konnte leider nicht aufgefunden werden, aber das sei ja nicht mehr relevant. Und wir werden Scheller unversehrt, vielleicht mit ein paar Beulen oder unter Drogen stehend auffinden. Entscheiden müssen aber sie!"

Sie sah in die Runde und versuchte herauszufinden was die Anwesenden dachten.

„Auf jeden Fall müssen wir sofort nach Schellers Wagen suchen denn das ist unser einziger Anhaltspunkt. Wenn ich richtig liege mit meiner Vermutung, dass er sich auf den Weg gemacht hat um diese verschwundenen Männer zu suchen dann sollten wir in der Nähe dieser Adressen Posten aufstellen. Frank und ich werden diese Leute befragen ob Scheller in der vergangenen Nacht bei ihnen war. Dabei muss uns ein mobiles Einsatzkommando unterstützen, das in Bereitschaft steht wenn wir etwas Auffälliges bemerken."

Wieder war es der Staatsanwalt der sie unterbrach:

„Dazu brauche ich die Einwilligung des Polizeipräsidenten, und ich muss den Staatsminister des Innensenators informieren. Mit was soll ich diese Aktion denn begründen?"

Er wirkte hilflos.

Jetzt griff Schwarzer ein, er merkte das an der Autorität des Mannes gekratzt wurde und sagte:

„Ich denke wir unterbrechen hier mal einen Moment."

Nahm den Staatsanwalt zur Seite und verschwand mit ihm in sein Büro. Nach knapp einer viertel Stunde kamen die beiden zurück.

„Also, wir gehen so vor wie Frau Brock vorgeschlagen hat, Da anzunehmen ist das Scheller in Lebensgefahr ist, ist seine Sicherheit vorrangig. Die erforderlichen Maßnahmen werden von mir veranlasst, ich hoffe auf einen gütlichen Ausgang."

Fred sah zu Lydia hinüber und nickte in Richtung Staatsanwalt. Der Mann schien wie umgewandelt, hatte Schwarzer mal wieder seinen Einfluss geltend gemacht. Endlich konnten sie handeln.

Frank gab die Adressen an die zuständigen Leute, Lydia wandte sich an Schwarzer.

„Was haben Sie dem Staatsanwalt gesagt, der war ja wie verwandelt, und warum haben Sie ihn mit in ihr Büro genommen?"

Schwarzer lächelte sie an.

„Frau Brock, den brauchen wir noch, auch in Zukunft und er ist schließlich unser Vorgesetzter. Ich wollte nur verhindern das Sie den in Anwesenheit der Kollegen ganz demontieren. Das gehört auch zu meinen Aufgaben sozusagen das Betriebsklima aufrechterhalten. Machen Sie nur so weiter, ich glaube Sie sind auf dem richtigen Weg. Die Hauptsache ist jetzt erst einmal das wir den Scheller da heraus bekommen. Von mir aus haben Sie freie Hand."

Lydia atmete auf sie hatte versucht ihre Argumente so überzeugend wie möglich vorzubringen und das schien ihr gelungen zu sein. Sie bedankte sich bei Schwarzer für seine Unterstützung und sagte ihm wie sie und Frank jetzt weiter vorgehen werden.

„Gut, dann fahren wir jetzt die Adressen ab, was meinen Sie sollten wir danach noch einmal Lotius in die Mangel nehmen?"

„Sie können nicht alles auf einmal erledigen überlassen Sie mir das, und wenn Sie konsequent sein wollen dann würde das ja auch nicht in Ihre Theorie passen und wir den nur unnötig aufschrecken, stimmt's?"

Sie sah ihn von der Seite an.

„Sie haben recht und jetzt verstehe ich auch wie Sie den Staatsanwalt dazu gebracht haben uns die geforderte Unterstützung zu gewähren. Sie haben die beiden Sachen getrennt und den Fall der Geiselnahme sozusagen abgekoppelt."

Er lächelte.

„Das ist meine Aufgabe, in solchen Momenten das zu tun was die Situation erfordert. Das heißt nicht das ich an Ihrer Theorie zweifele. Das ist logisch, und wenn es so aussieht als wenn ich Sie in ihrem Eifer bremse, dann hat das nur formale Gründe. Sie verstehen mich?"

Als alle Einsatzkräfte, die sie jetzt beisammen hatten, bereit waren fuhren sie zu der ersten Adresse die Frank aus dem Computer von Scheller herausgefunden hatte. Die Personen die sie dort antrafen konnten keine Auskunft geben über den Verbleib des Mannes den Scheller gesucht haben könnte. Auch Scheller selbst ist in der vergangenen Nacht nicht gesehen worden. Auch sei sonst niemand hier gewesen und habe nach irgend jemandem gefragt. Genau so erging es ihnen bei den anderen Adressen die sie aufsuchten. Lydia hatte so etwas erwartet, das passte in ihre Annahme. Derjenige der sich einen Dealerring aufbauen wollte, hatte Personen ausgewählt die unauffällig waren und keine besondere Bindung an ihr Umfeld hatten, was ja auch auf die beiden Toten zutraf. Wahrscheinlich hatten die den Auftrag bekommen in den naheliegenden Großstädten wie Hamburg und Hannover zu agieren. Und das Scheller nicht gesehen worden ist, ließ den Schluss zu das sein Entführer ihn genau beobachtet haben muss und die erste Gelegenheit genutzt hat um ihn abzufangen. Nachdem Posten eingeteilt waren, die die Umgebung der Adressen beobachten sollten brach sie die Aktion ab.

Schwarzer hatte in der Zwischenzeit mit dem Staatsanwalt zusammen eine entsprechende Pressemitteilung herausgegeben. Jetzt blieb ihnen nur das Warten auf eine Reaktion des Anrufers.

Frank saß ihr gegenüber:

„Sag mal Lydia, wir haben bei der ganzen Hektik vergessen die Angehörige von Scheller zu informieren. „Oder glaubst du das die schon etwas wissen, durch seine Kollegen vielleicht?"

„Du hast recht Frank, das müssen wir schnell erledigen."

19

Als Scheller aus seiner Ohnmacht erwachte fand er sich auf einem kalten Steinfußboden wieder an Händen und Füßen mit Plastikband gefesselt. Die Augen waren ebenfalls zugeklebt und er spürte das darüber noch eine Art Kapuze gezogen war. Er bekam kaum Luft, sein Kopf dröhnte vor Schmerz und ihm war schlecht. Dazu kam noch das er glaubte seine Blase würde explodieren. Er musste sich bemerkbar machen. Auf sein lautes Rufen meldete sich aber niemand, und so geschah was nicht zu verhindern war seine Blase gab dem Druck nach. Der Urin lief ihm warm an den Beinen herunter bis zu den Füßen die er kaum spürte die waren eiskalt, ebenso die Hände. Sie hatten ihn ziemlich stramm eingeschnürt.

Nach einiger Zeit die ihm unendlich vorkam bemerkte er, das jemand in den Raum eingetreten war. Er fragte wobei ihm seine Stimme vollkommen fremd vorkam:

„Was soll das, was wollt ihr von mir?"

Statt einer Antwort bekam er einen Tritt vor das Schienbein, der Schmerz war so gewaltig das er fast wieder in Ohmmacht fiel. Dann wurde ihm die Kapuze abgezogen und eine Flasche Wasser an seine Lippen gehalten er saugte wie verrückt um soviel wie möglich von der Flüssigkeit zu bekommen.

„So reden Sie doch, wo bin ich hier und was soll das Ganze?"

Wieder der Tritt gegen das Schienbein, er gab auf und sackte in sich zusammen. Der Mann war fort gegangen es roch jetzt so, als wenn jemand geraucht hatte. Zum erstenmal in seinem Leben dachte er an den Tod. Das jemand starb war ihm schon oft begegnet während seiner Arbeit, aber immer hatte es andere getroffen. Nur jetzt hatte er das Gefühl, als wenn ein Schatten auf ihn fiel. Er spürte dieses widerliche Gefühl von Angst. Es kroch aus seiner nassen Hose in ihm hoch bis zu seiner Brust, die sich wie unter einem eisernen Panzer zusammenzog. Das nahm ihm den Atem, er versuchte sich dagegen zu wehren aber das gelang ihm nicht. Da sie ihm den Mund nicht zugeklebt hatten konnte schreien. So brüllte er seine Angst von sich fort, das half ein wenig.

Nach Stunden, er hatte keine Vorstellung davon wie viele vergangen waren, kam wieder jemand in den Raum. Er sagte nichts um nicht wieder einen Tritt vor das Schienbein zu bekommen, nur den Geruch nach Rauch bemerkte er wieder, also musste das derselbe Mann sein der vorhin da war. Dann merkte er noch wie er einen Stich in den Arm bekam und wieder wurde es dunkel um ihn.

20

„Meine Männer haben den Wagen gefunden, ein alter blauer Skoda, der steht auf dem Gelände am Schwimmbad in Blumenthal. Sollen wir nachsehen oder warten bis Sie dort sein können."

Frank nahm den Anruf von Kubik entgegen er hatte die Nacht im Revier verbracht. Jetzt musste er schnell entscheiden denn Lydia war noch zu Hause es war kurz vor sechs Uhr.

„Sehen Sie nach was das ist. Ich komme zu Ihnen runter dann können wir mit Ihren Leuten in Funkkontakt bleiben."

Auf dem Weg zu Kubik rief er Lydia an und informierte sie.

„Gut gemacht Frank, ich bin in einer viertel Stunde bei euch, und ruf Grünert an. Ich denke der müsste schon im Institut sein von da aus hat er es nicht weit, ich will den dabei haben."

Kubik hatte seine Männer angewiesen nachzusehen was in dem Wagen war. Die Funkverbindung war gut.

„Wir gehen jetzt an den Wagen heran, auf dem Rücksitz liegt eine Person, männlich."

Kubik: „Seht nach ob der lebt!"

„Ja, der lebt, ist aber bewusstlos"

Kubik: „Kennt ihr den, wie sieht der aus."

Pause, der Polizist rief einen Kollegen herbei.

„Ja, das muss Scheller sein."

Kubik: „Okay, weiter macht ihr nichts sperrt das Gelände ab, gleich kommen bestimmt die ersten Badegäste, da geht keiner ran bis ein Arzt oder die Rechtsmedizin da ist, klar?"

Grünert war schon vor Ort als Lydia und Frank eintrafen. Er unterhielt sich mit dem Notarzt. Die Männer vom Rettungsdienst hatten Scheller aus dem Auto herausgeholt und ihn in den Krankenwagen gebracht. Sie konnte gerade noch einen Blick auf ihn werfen er schien noch bewusstlos zu sein.

„Wie geht es ihm, können Sie uns schon etwas über seinen Zustand sagen."

Grünert blickte sie über den Rand seiner Brille hinweg mit sehr ernstem Gesichtsausdruck an und antwortete:

„Ich glaube er ist nicht ernsthaft verletzt. Was mir Sorge macht ist das er noch bewusstlos ist. Die müssen ihm ein Mittel gegeben haben, das ziemlich lange wirkt. Wir bringen ihn ins Krankenhaus Nord das ist ja gleich um die Ecke...."

Sie unterbrach ihn.

„Sie haben Sorge das er mit dieser Substanz betäubt worden ist die sie in den Körpern der Toten gefunden haben, richtig?"

„Genau, deswegen haben Sie doch verlangt das ich hier erscheine. Normal ist das der Rechtsmediziner kommt wenn es sich um eine Leiche handelt. Ich kann jetzt noch nichts sagen. Warten wir ab was die Laboruntersuchungen nach einer Blutentnahme ergeben, aber jetzt lassen sie uns schnell abfahren. Ich werde auf jeden Fall mit den Ärzten im Krankenhaus eng in Kontakt bleiben." Sie nickte und gab der Spurensicherung einen Wink damit die an die Arbeit gehen konnten.

„Genau wie du vermutest hast, was können wir jetzt zuerst tun?"

Frank hatte das gefragt nur um etwas zu sagen.

„Frank, das ich recht hatte ist im Moment nicht so wichtig. Hoffentlich geht das gut und er hat nicht zu viel von diesem Teufelszeug bekommen, das ist meine größte Sorge. Zurzeit können wir nur auf die Ergebnisse der Ärzte warten und froh sein, dass Grünert dabei ist. Komm lass uns zurückfahren und noch mal alles zusammenfassen was bisher passiert ist."

21

Auf ihrem Schreibtisch lag ein dickes Kuvert mit der Aufschrift für Frau Lydia Brock – Kriminalkommissarin, persönlich –! Unten ganz klein, – Verlag –.

„Das kann nur von Herbert Krause sein und sind bestimmt die Unterlagen die seine Kollegen von der Zeitung zusammen getragen haben."

Ihre Anspannung wuchs. In dem Kuvert war eine 3-1/2-Zoll-Diskette und eine DVD enthalten mit einem Begleitschreiben von Krause. „In der Redaktion herrscht helle Aufregung der Platzmeister vom Schwimmbad hat bei der Zeitung angerufen, wegen des Vorfalles heute früh. Ein Kollege hat sich gleich auf den Weg gemacht, aber nichts heraus bekommen, der wird sich jetzt an euch halten. Er will wissen ob die Pressemitteilung von gestern wegen des Jungen auf dem Dach und dem was am Schwimmbad gefunden worden ist im Zusammenhang steht.

Anliegend Informationen über die Lotiusklinik."

„Der gute Herbert hat seine Infos noch auf eine Diskette gespeichert, der traut der neuen Technik nicht so recht."

Frank nahm die DVD zur Hand.

„Aber hier ist doch auch eine DVD."

„Ja, bitte sieh du nach was drauf ist, ich schaue mal was die Diskette hergibt."

Auf der Diskette hatte Krause, schön zeitlich geordnet, alle Artikel die über die Klinik in den Zeitungen erschienen waren, aufgelistet. Auffallend dabei war, dass zum Anfang viel Tamtam gemacht wurde. Lotius hatte versucht hatte mit vielen Interviews in den Medien Reklame für sein Projekt zu machen. Dann aber, als die Klinik fertiggestellt war und ihren Betrieb aufnahm wurde es sehr still. Sie schmunzelte in sich hinein und sagte zu Frank:

„Genau so habe ich mir das gedacht. Was hast du auf dem Schirm?"

Sie ging zu ihm herüber und sah über seine die Schulter. Dort lief ein Interview mit einem Reporter des regionalen Fernsehsenders. Gespannt sahen beide zu. Der Reporter versuchte im Gespräch mit Lotius eine Einwilligung zu bekommen um in der Klinik zu filmen, und fragte ihn:

„Herr Lotius, warum erlauben Sie nicht in ihrem Betrieb zu filmen. Sie haben im Vorfeld doch auch mit uns zusammen gearbeitet. Das Innenressort hat ihre Initiative gelobt, weil sie hier in der strukturschwachen Gegend Arbeitplätze schaffen, das muss Sie doch stolz machen."

Lotius auf dem Weg zum Eingangstor im Fortgehen:

„Sie werden verstehen wenn ich im Hinblick auf die Diskretion, die ich meinen Patienten schuldig bin, darauf bestehen muss das sie das Interview als beendet ansehen können!"

Dann öffnete sich das Tor und er war verschwunden. Der Reporter sagte dann noch in die Kamera:

„Ich bitte um Entschuldigung aber wir sind hier nicht weitergekommen. Soll hier etwas verborgen werden, aber was?"

Frank sah seine Partnerin triumphierend an.

„Lydia das passt alles genau in deine Theorie, aber wie hilft uns das weiter?"

„Indem man seine Fähigkeiten, wie das Erkennen von Zusammenhängen verschiedener Verdachtsmerkmale mit den richtigen Schlussfolgerungen zusammenfügt, und das beherrscht Lydia meisterhaft."

Fred war von den beiden unbemerkt herein gekommen und fügte hinzu:

„Hier habe ich noch einen Baustein für eure Überlegungen."

Er ging an den Bildschirm der für eine Verbindung mit dem BKA reserviert war und wies auf einen Eintrag hin. Es ging dabei um Todesfälle von Probanden die an einer genehmigten Medikamentenerprobung teilgenommen hatten. Danach wurde das Projekt einer großen Arzneimittelfirma, ein neues Antidepressiva an Menschen zu erproben sofort eingestellt. Begleitet hatte das Ganze als zuständiger Psychiater – Hermann Lotius –!

„Fred, jeder von uns leistet seinen Teil der Arbeit so gut er kann, aber du bist für mich absolut der beste Ermittler mit dem ich jemals zusammengearbeitet habe."

Dabei sah sie zu Frank hinüber, nickte dem aufmunternd zu, und sagte:

„Wenn sich jetzt noch der Anwalt von Lotius meldet, wegen des verschwundenen Handys. Und ich bin sicher darauf brauchen wir nicht lange zu warten. Dann können wir noch mal von vorne anfangen."

Frank schnappte nach Luft.

„Wie muss ich das denn nun wieder verstehen, von vorne anfangen?"

„Ja Frank, bisher haben wir nur unsere Theorie, die durch das was Fred herausgefunden hat zumindest unterstützt wird im Hinblick auf eine Beteiligung von Lotius. Dazu kommt die Entführung von Scheller, sowie die beiden Toten. Reell sind da eben nur die Verdachtsmerkmale, die Fred erwähnt hat. Kein Motiv alles steht noch auf sehr wackeligen Füßen. Die Hauptarbeit beginnt erst, glaub mir!"

Fred schaltete sich noch einmal ein.

„Ich habe mit dem zuständigen Kollegen vom BKA noch Kontakt, und ihn gebeten das Umfeld von Lotius für den infrage kommenden Zeitraum zu untersuchen, vielleicht ergibt sich daraus ja noch der eine oder andere Hinweis."

„Danke Fred, du bleibst am Ball."

Dabei sah sie auf die Uhr.

„Schon wieder zwei Stunden vergangen, warum meldet sich das Krankenhaus oder Grünert denn nicht?"

Fred:

„Beruhige dich Lydia, du bist nicht verantwortlich für den Zustand in dem Scheller sich jetzt befindet, er ist selbst schuld."

Frank fügte hinzu:

„Genau, du hast ihn zweimal gewarnt nichts alleine zu unternehmen, lass uns einen Kaffe trinken gehen."

Aber dazu kamen sie nicht. Das Telefon klingelte, Lydia war als erste dran, es war Grünert.

„Scheller ist bei Bewusstsein, er will nichts sagen bevor Sie hier sind."

Sie sauste so schnell los das Frank hatte Mühe Anschluss zu halten. Im Krankenhaus erwartete Grünert sie schon und sagte:

„Er ist ziemlich fertig, das sie ihn geschlagen haben glaube ich nicht, außer zwei großen Blutergüssen an den Schienbeinen ist er soweit unversehrt. Am meisten zugesetzt hat ihm wohl das was sie ihm gespritzt haben. Was das genau ist wird noch im Labor untersucht, die müssten aber bald damit fertig sein."

Lydia trat in das Zimmer und erschrak. Scheller sah furchtbar schlecht aus mit all den Schläuchen die an ihm herumhingen. Im ersten Moment glaubte sie ein Lächeln auf seinem Gesicht gesehen zu haben, aber dann sah er sie mit tief in den Höhlen liegenden traurigen Augen an. Kaum hörbar sagte er:

„Es tut mir leid, das wollte ich nicht, Ihnen diese Sorgen machen."

Lydia war ziemlich angerührt nahm seine Hand und beugte sich zu ihm hinunter.

„Klaus, was sagen Sie da, Sie mir Sorgen machen wir sind froh das Sie leben, Sie sehen doch schon wieder ganz gut aus."

Er winkte ab.

„Sie müssen Fragen stellen, nehmen Sie keine Rücksicht."

Sie sah zu Grünert und dem Arzt vom Krankenhaus hinüber, die noch an der Tür standen. Beide nickten und verließen den Raum. Sie setzte sich auf den Rand des Bettes, Scheller hielt noch immer ihre Hand.

„Nun Klaus, haben sie eine Ahnung wer Sie überfallen hat?"

Er schüttelte mit dem Kopf und erzählte was vorgefallen war, bis auf die Sache mit der Blase das behielt er für sich.

„Das einzige was Sie sicher wissen ist also das der Mann starker Raucher sein muss, das ist doch schon mal was, oder meinst du nicht auch Frank."

Der nickte zustimmend. Jetzt kam so etwas wie ein Lächeln auf das Gesicht von Scheller, und er war jetzt auch besser zu verstehen:

„Vielen Dank das Sie mir Mut machen wollen, aber ich weiß selbst, weiterhelfen wird Ihnen das nicht viel. Mehr weiß ich wirklich nicht, es tut mir leid."

„Schon gut Klaus, Sie erholen sich und wir setzten alles dran und werden den Mann finden. Das verspreche ich."

Löste vorsichtig ihre Hand aus der seinen und erhob sich.

„Wenn Sie irgendwas brauchen oder noch sagen wollen, wir beide sind für Sie da, in Ordnung?"

Scheller versuchte wieder zu lächeln was ihm nur mühsam gelang.

„Und vielen Dank, das Sie mir keinen Vorwurf machen, ich weiß Sie haben mich gewarnt. Von jetzt an höre ich immer darauf was junge attraktive Frauen zu mir sagen."

Jetzt lachten alle drei.

„Na, Ihnen geht es doch schon wieder gut."

Sie hob ihren Zeigefinger und drohte scherzhaft in seine Richtung.

„Ich nehme Sie beim Wort."

22

In ihrem Büro wartete Fred mit neuen Informationen vom BKA. Lotius hatte während der Zeit dieser Medikamenenerprobung eine Praxis für Psychiatrie und Neurologie in Aachen geführt. Dabei ist aufgefallen dass er als Sprechstundenhilfe einen Mann beschäftigt hatte. Das ist ungewöhnlich, deshalb haben die Kollegen den Mann überprüft und der ist aktenkundig. Mehrere Anzeigen wegen Drogenmissbrauch und -Handel, dazu schwerer Körperverletzung. Insgesamt zu drei Jahren Freiheitsstrafe verurteilt die er auch verbüßt hat, allerdings vor der Zeit in der er bei Lotius angestellt war.

Lydia fragte gespannt:

„Wie heißt der Mann und gibt es ein Bild von ihm? Fred mach es nicht so spannend."

Der lachte.

„Aber Lydia, gönne mir doch auch mal ein Erfolgserlebnis."

Er ging an den BKA-Bildschirm und rief die Seite auf die ihm der Kollege durchgegeben hatte. Alle blickten gespannt auf den Monitur: – Kelvin Mc Madnus, 38 Jahre alt – dann erscheint das Foto, kein Zweifel, wenn ihre Zeugen sich nicht allzu sehr getäuscht hatten dann könnte das der Mann im hellen Mantel sein.

Frank:

„Reicht das für eine Fahndung und einen Haftbefehl?"

Lydia stand vor ihrer Wand an der die Zusammenhänge ihrer Theorie und das Phantombild hingen.

„Um sicher zu gehen müssen wir unsere beiden Zeugen mit dem Foto konfrontieren, das Bild vom BKA ist schließlich sechs Jahre alt, wir müssen sicher sein."

Sie wandte sich an Fred.

„Kannst du rausfinden ob der Mann starker Raucher war, und wie sich die Ortswechsel dokumentieren. Wenn er unser Mann ist, dann muss er doch hier in Bremen Nord gemeldet sein. Wenn ich richtig vermute dann ist er immer Lotius gefolgt, oder der hat ihn immer mitgenommen auf seinen Stationen."

Hielt einen Moment inne und fügte hinzu:

„Vielleicht kannst du auch noch in Erfahrung bringen wie die beiden zueinander standen?"

„Beim Einwohnermeldeamt nachzufragen ist kein Problem. Ob ich aber herausfinden kann das er starker Raucher war und womöglich ein besonderes Verhältnis zu Lotius hatte wird nicht so einfach sein. Woran denkst du dabei im Besonderen?"

Sie hatte sich wieder gesetzt, ein Kribbeln ließ sie spüren das jetzt alles möglich war, sie sah Fred voll an.

„Stell dir vor, die hatten ein Verhältnis miteinander oder waren schon über einen längeren Zeitraum mit der Vertreibung von Drogen beschäftigt. Ich glaube das der Madnus für Lotius gearbeitet hat, nicht nur als Sprechstundenhilfe."

Frank schüttelte den Kopf.

„Lydia, was für eine verrückte Idee. Was bezweckst du mit dieser abenteuerlichen Theorie, die beiden hätten ein Verhältnis miteinander?"

„Frank, ich will auf eine besondere Abhängigkeit von Madnus zu Lotius hinaus, weil ich glaube und dabei halte ich an meiner Annahme fest, das Lotius hinter allem steckt. Beweisen können wir das aber mit dem was wir an Fakten haben nicht. Deshalb müssen wir Zusammenhänge konstruieren und alle Möglichkeiten ausschöpfen. Das erfordert viel Kleinarbeit und Zeit, aber es könnte uns weiterbringen."

Das Klingen des Telefon mit der direkten Leitung zu Schwarzer unterbrach sie.

„Frau Brock, hier ist Herr Lotius mit seinem Anwalt. Er will eine Erklärung abgeben die das verschwundene Handy betrifft. Ich schicke die beiden zu Ihnen. Ich habe versucht eindeutig klarzumachen das Sie die Ermittlungen leiten und deshalb auch einzig zuständig sind. Das scheint denen nicht so ganz klar zu sein, sie bestehen darauf das ich dabei bin. Ich muss Sie fragen ob Sie einverstanden sind...?"

Sie wusste sofort was Schwarzer mit dieser Bemerkung bezweckte, er wollte ihr den Rücken stärken und hatte sie damit versteckt aufgefordert offensiv gegenüber Lotius und seinen Anwalt vorzugehen. Den beiden war ihre Erregung noch anzumerken als sie in das Büro eintraten. Sie bat sie auf den bereitgestellten Stühlen Platz zu nehmen. Fred und Frank blieben im Hintergrund stehen. Der Anwalt begann:

„Wenn wir schon nicht den Staatsanwalt sprechen können, so wollen wir doch mit Ihnen allein reden."

Dabei sah er mit abschätzenden Blick auf die Mitarbeiter von Lydia. Sie wusste das sie durch den Rückhalt von Schwarzer im Vorteil war und wandte sich direkt an Lotius.

„Wenn ich mich recht erinnere Herr Lotius, dann hatten wir bei unserem letzten Zusammentreffen vereinbart, das Sie uns Bescheid geben, wenn etwas über den Verbleib des Handys herausgekommen ist. Das Sie jetzt in Begleitung Ihres Anwaltes hier erscheinen ist Ihr gutes Recht, gibt mir aber zu denken."

Sah kurz zu Schwarzer hinüber, der ihr kaum merklich zu lächelte, sie war sicher das war der richtige Weg.

„Das meine engsten Mitarbeiter dabei sein müssen steht wohl außer Frage, aber wenn Sie lieber auf die Anwesenheit des Staatsanwaltes warten wollen, bitte schön wir haben Zeit."

Lotius war anzumerken wie unangenehm ihm diese Situation war, er sah zu seinem Begleiter hinüber und herrschte diesen an:

„Nun machen Sie schon, geben Sie Frau Brock das Schreiben, das Sie aufgesetzt haben, sonst entsteht noch der Eindruck ich hätte etwas zu verbergen oder wollte mir mit der Teilnahme des

Gespräches durch den Staatsanwalt einen Vorteil verschaffen. Womöglich denkt Frau Brock ich hätte Angst vor ihr."

Der Anwalt, sichtlich durcheinander, fingerte an seiner Aktenmappe herum, das hatte er sich anders vorgestellt. Er holte ein Schreiben hervor und übergab es Lydia.

„Sie werden verstehen das ich eine Kopie für den Staatsanwalt behalte und ihm die persönlich aushändige."

Lydia zuckte nur mit den Schultern und nahm das Papier entgegen, legte es ohne einen Blick darauf zu werfen auf die Ermittlungsakte.

„Ja, vielen Dank, haben Sie sonst noch etwas zu sagen? Wenn nicht dann können Sie gehen, ich habe keine Fragen.

Dem Anwalt blieb die Antwort halb im Halse stecken, er wies auf das Schreiben.

„Wollen Sie denn..."

Er wurde schroff von Lotius unterbrochen der schon aufgestanden war.

„Kommen Sie, mir reicht das hier!"

Wortlos verließen sie das Zimmer. Fred hatte die Tür hinter den beiden geschlossen.

„Na, der Anwalt war die längste Zeit bei Lotius unter Vertrag, den hast du dir nicht gerade zum Freund gemacht, Lydia."

„So einen brauche ich nicht zum Freund. Ich wollte nur erreichen das sie nicht glauben mit der Abgabe dieser Erklärung wäre die Sache für sie erledigt, die sollen weiter Druck haben."

Frank wies auf das Schreiben und sagte:

„Du hast das Papier ja nicht mal angesehen, warum nicht? So hättest du doch gleich Fragen stellen können, wo die schon mal hier waren."

Lydia nahm das Schreiben auf und erwiderte:

„Warum sollte ich das Papier denn ansehen in Gegenwart der beiden. Erstens weiß ich doch was drin steht und zweitens sind die beiden jetzt verunsichert. Sie wissen nicht ob uns das genügt, und hatten weitere Fragen erwartet auch in Verbindung mit der Entführung von Scheller, wie auch immer. Erwartet hätte ich das sie danach fragen ob die Sache mit dem Mann auf dem Dach damit erledigt sei. Ich will das der Druck bleibt und Fehler gemacht werden. Das hier...“

Sie nahm das Schreiben in die Hand, hielt es hoch und fuhr fort:

„...ist schon der zweite von Lotius und der weiß dass das so ist. Das müssen die erst einmal sortieren. Also, warum soll ich Trümpfe ausspielen, wenn es noch nicht nötig ist.“

Schwarzer:

„Sie gehen also davon aus das Lotius damit gerechnet hat, das Sie ihn nach dem von Ihnen erwähnten Zusammenhang zu der Entführung von Scheller, fragen würden.“

„Ja, davon gehe ich aus. Denn es wäre doch glaubwürdiger gewesen, wenn er mir direkt die erwünschte Auskunft über den Verbleib des Handys gegeben hätte. Er hat solche Fragen erwartet und das, obwohl er ja nicht wissen kann das wir so etwas vermuten. Deshalb glaube ich das meine Annahme, er hat den Entführungsauftrag gegeben, richtig ist. Lotius hat diesen Anwalt mitgebracht, weil er wenn ich danach frage sich hinter den verstecken kann.“

Sie nahm das Schreiben zur Hand. Schwarzer war hinter sie getreten und las mit, die beiden anderen warteten gespannt auf das Ergebnis.

Lydia:

„Genau so wie ich es erwartet habe. Lotius erklärt hiermit dass das Handy seit Anfang des Jahres nicht mehr in seinem Besitz ist.

Durch Nachforschungen des Sicherheitsdienstes ist festgestellt worden das der Mitarbeiter...„

Sie machte eine Pause Schwarzer beugte sich weiter vor und richtete sich dann aber auf, sie fuhr fort:

„...Kelvin Mac Madnus, seitdem in Besitz des Handys ist. Der allerdings seit Anfang April nicht mehr in der Firma beschäftigt ist."

Sie hielt wieder inne und schlug eine Seite um.

„Anhang eine Kopie des Auflösungsvertrages zwischen der Sicherheitsfirma und Madnus."

Fred und Frank waren an ihren Schreibtisch herangetreten und starrten auf das Papier. Lydia holte tief Luft und sah in die Runde.

„Er opfert Madnus, serviert uns den förmlich auf dem Silbertablett. Wir müssen sofort die Leute von den Beobachtungsstationen an den Punkten der Adressen der verschwundenen Schellerleute abziehen und die Klinik beobachten lassen. Fred veranlasse das bitte sofort.

„Aber sollten wir nicht als erstes eine Fahndung nach Madnus herausgeben?"

„Tu bitte was ich sage, vertraue mir und komm gleich wieder hierher, ich warte solange mit der Begründung."

Fred machte sich auf den Weg es war jetzt still im Raum. Schwarzer hatte sich an die Demowand gestellt, und nahm das Phantombild und das Foto aus der Ermittlungsakte von Madnus in die Hand. Fred erschien schon wieder:

„Die Leute sind unterwegs, nun bin ich aber auf deine Beweggründe gespannt."

„Ich hatte vorhin gesagt ich will das die Unsicherheit bei Lotius bleibt. Er soll Fehler machen die uns weiterhelfen wir hatten bisher ja nur meine Theorie und sonst wenig Anhaltspunkte."

„Er liefert und seinen engsten Mitarbeiter aus, warum?"

Frank sah sie an und zuckte mit den Schultern.

„Du wirst uns das jetzt sagen."

„Lotius denkt, wenn wir davon ausgehen müssen das Madnus das Handy benutzt hat dann sollen wir daraus schließen, das er dieses letzte Gespräch mit Jankov geführt hat. Wir ihn also als Hauptverdächtigen ansehen werden. So ist er die Sorge, er wird mit diesem Anruf in Verbindung gebracht, los. Dabei geht er davon aus das Madnus fliehen wird. Gelingt dem das ist sein Plan aufgegangen und er hat sich den vom Leib geschafft."

„Aber Lydia, das ist unlogisch."

Frank war ganz zappelig geworden und lief hin und her.

„Woher soll Madnus denn wissen das er fliehen muss? Er weiß doch noch gar nicht das wir ihn suchen, das versteh ich nicht."

Sie war aufgestanden schnappte sich Frank und drückte ihn auf ihren Stuhl.

„Dieser Aufhebungsvertrag ist nur für uns bestimmt, den hat Madnus nie gesehen. Lotius will damit nur uns gegenüber dokumentieren das er seit Anfang April nichts mehr mit Madnus zu tun hat."

Jetzt meldete sich Schwarzer zu Wort.

„Sie glauben also das Lotius weiß wer des letzte Gespräch von dem Handy geführt hat, und er wusste schon die ganze Zeit über das Madnus das Handy in Besitz hatte und macht ihn jetzt durch dieses Manöver zum Hauptverdächtigen für uns."

„Ja, so ist es, und ich bin sicher er war es auch der ihm den Auftrag gegeben hat Scheller zu entführen. Das Lotius ihn loswerden wollte und dass das seine letzte Aktion für ihn war wusste Madnus natürlich nicht, der hat alles für ihn gemacht."

„Nehmen wir an Sie haben recht, dann ist es doch nur um so wichtiger das wir eine Fahndung herausgeben, damit der uns nicht durch die Lappen geht."

Lydia sah zu Fred hinüber.

„Schade das wir noch nicht wissen ob Madnus dieses, ich meine ein besonderes Verhältnis zu Lotius hatte, mit dieser besonderen Abhängigkeit, dann würde mein Plan transparenter sein. Ich denke, wenn er merkt das Lotius so mit ihm umspringt, dann wird er anders reagieren als der sich das wünscht."
Wieder Frank.

„Aber wie soll er denn reagieren?"
Sie drückte ihn wieder in ihren Stuhl und drehte diesen so das sie ihm voll ins Gesicht sehen konnte.

„Frank, wenn du jemanden auf Gedeih und Verderb vertraust, mit ihm verbunden bist über einen langen Zeitraum. Ja, ihn über alles liebst egal ob Mann oder Frau. Und du wirst abserviert so wie Madnus jetzt, was tust du, was ist dein Gefühl?"

„...Ich..."

„Du denkst an Rache aus verletztem Gefühl aus Wut, was auch immer, ja?"

„Na ja, das kommt darauf an wie ich das verarbeiten kann."

„Genau, wie du das verarbeiten kannst. Hier handelt es sich aber um Menschen mit großer krimineller Energie, die warten nicht ab wie sie das verarbeiten die handeln!"
Schwarzer hatte erkannt worauf Lydia hinaus wollte und schaltete sich ein:

„Frau Brock sagen Sie jetzt nicht Madnus soll uns zu Lotius führen und helfen dessen Machenschaften aufzudecken."

„Doch, genau das denke ich und deshalb habe ich Fred angewiesen die Klinik zu beobachten. Madnus ist bis jetzt ahnungslos was für ein Spiel mit ihm getrieben wird. Er denkt er ist immer noch Mitglied der Sicherheitsfirma, und Lotius engster Mitarbeiter. Dass das nicht mehr so ist wird er erst dadurch erfahren das

Lotius keinen Kontakt mehr zu ihm hält. Also wird er den Kontakt suchen, und ihn nicht bekommen das wird ihm zu denken geben und wütend machen. Von da an wird ihn nur noch der Gedanke an Rache beherrschen und er wird alles unternehmen um Lotius schaden zu können."

Sie bat Frank mit einer Geste aufzustehen und ließ sich in den Stuhl fallen. Fred stellte sich vor sie und sagte:

„Deshalb also die Überwachung der Klinik. Du erwartest, das Madnus versucht dort einzudringen oder Lotius auf diesem Weg abzupassen."

Sie sah Fred an, nahm seine Hand, stand auf und ging mit ihm an die Demowand zeigte auf das Bild von Madnus.

„Ich wüsste gerne wie klug Madnus ist und ob das von mir angenommene Verhältnis tatsächlich existiert...?"

Madnus hatte, nachdem er vergeblich auf Lotius gewartet hatte, obwohl sie fest verabredet waren, den Kontakt zu ihm gesucht und zwar über den Chef des Sicherheitsdienstes. Der hatte ihm dann sehr deutlich zu verstehen gegeben das Lotius nichts mehr mit ihm zu tun haben wolle und er sich weder auf dem Gelände der Klinik, noch sonst in seiner Nähe, sehen lassen dürfte.

Der Schock war groß, im ersten Moment dachte er sofort an töten, aber dann begann sein Kopf zu arbeiten. Er schätzte die Situation in der er sich jetzt befand genau richtig ein und machte einen Plan wie er vorgehen würde. Im Mittelpunkt dabei stand der Gedanke:

„Lotius, so einfach kommst du mir nicht davon, dich mache ich fertig was dann passiert ist egal. Irgend etwas wird mir schon einfallen."

Er ging zu seinem Versteck holte das Handy hervor steckte die SIM-Karte wieder rein. Besorgte sich einen wattierten Umschlag, tat das Handy hinein und adressierte es an Frau Lydia Brock. Die Visitenkarte hatte er ja bei Scheller gefunden. Als Absender schrieb er Schellers Namen, weil er sicher war das es dann bei der Polizei keine genauere Untersuchung des Briefes geben würde, bevor es in die Hände dieser Kriminalkommissarin geriet. Er packte seinen langen Sommermantel zusammen und brachte den zu einem Altkleider Container. Er hatte wohl mit bekommen das Scheller in Krankenhaus Nord lag und sich dort erholte. Er war aber auch sicher das die Wirkung des Mittels das er ihm bei dem Überfall gespritzt hatte bald nachlassen würde. Scheller sich dann bald so gut fühlen wird, um das Krankenhaus zu verlassen. Das würde er jetzt beobachten und ihm dann einen Besuch abstatten. Das Risiko das Scheller unter Polizeischutz stehen würde schätze er nur gering ein. Die Möglichkeit das er Scheller noch einmal in seine Gewalt bringen könnte würde von der Polizei als gering eingestuft werden, darauf vertraute er.

Sobald er Scheller in seine Gewalt gebracht haben würde wird er das Paket mit dem Handy an die Kommissarin schicken. Er brauchte also nur den passenden Zeitpunkt abzuwarten. Das Haus in dem Scheller wohnte war nur rund 500 Meter von dem Krankenhaus entfernt. Er musste also nur auf den Augenblick warten, zu dem Scheller das Krankenhaus verlassen würde.

Bei Lydia liefen ständig neue Informationen ein. Die Fahndung nach Madnus war in Gang gesetzt worden. Zwischenzeitlich wurde von den Landeskriminalämtern parallel das Auftauchen einer unterbekannten Droge gemeldet, die bei Razzien in Discotheken im Umland der Großstädte Hamburg, Hannover und Berlin sichergestellt worden waren. Aus dem Bereich in dem die Medikamentenerprobung mit den beiden Todesfällen gemeldet waren hatte die Kripo den Chemiker, der das infrage kommende

Medikament hergestellt hatte ausfindig gemacht. Dabei ist festgestellt worden das dieser seitdem verschwunden ist und in der Firma ca. 150 Kilogramm von dem schon hergestellten Pillen verschwunden sind. Zur Zeit wurde nach diesem Mann gesucht. Sie rief ihre Mitarbeiter zusammen und sie sortierten das bisher eingegangene Material. Konnten jedoch nicht viel unternehmen, jetzt hieß es geduldig auf Ergebnisse warten.

Wieder war ein Tag ohne Erfolg vergangen, jetzt musste etwas passieren. Lydia hatte sich dafür entschieden die Beobachtungsstationen die sie zur Überwachung der Klinik eingerichtet hatten abzufahren, eigentlich nur um etwas zu unternehmen. Das Warten machte sie nervös und das war nicht gut denn das würde ihre Urteilsfähigkeit beeinflussen das wusste sie nur zu genau.

Frank und sie machten sich auf den Weg. Unterwegs sagte sie plötzlich:

„Frank, warte einen Moment, lass uns erst noch einmal im Krankenhaus vorbei sehen, ich möchte wissen wie es unserem Freund Scheller geht. Dabei können wir dann vielleicht auch erfahren was das für ein Zeug war das sein Entführer ihm gespritzt hat. Wir suchen erst den Arzt der ihn untersucht hat vielleicht weiß er schon mehr über die Laborergebnisse."

Der Arzt empfing sie auch gleich.

„Sie wollen sicher wissen wie es Scheller geht der hat sich schon wieder gut erholt..."

Lydia unterbrach ihn:

„Verzeihen Sie, aber was ist mit den Laboruntersuchungen wie gefährlich war das Zeug das die ihm gegeben haben?"

„Das war auch zu unserer Überraschung nur ein harmloses Betäubungsmittel. Allerdings hätte die Dosis auch gefährlich werden können, aber Scheller hat einen stabilen Kreislauf, der hat das ganz gut weggesteckt."

„Können wir mit ihm reden?"

„Das können Sie, nur da müssen Sie sich ein wenig gedulden."
Lydia wurde hellhörig.

„Ein wenig gedulden, was ist mir ihm schläft er oder was ist?"
Der Arzt lachte.

„Nein der schläft nicht, er hat mich gebeten nach Hause gehen zu dürfen um sich ein paar Sachen zu holen. Denn wir wollen ihn noch ein paar Tage hier behalten, zur Beobachtung..."
Wieder unterbrach sie ihn.

„Nach Hause gegangen, wann denn?"

„Na, so vor ca. einer halben Stunde. Ich hatte ihm das erlaubt, weil er ja nur hier quasi um die Ecke wohnt. Allerdings habe ich darauf bestanden das er nur in Begleitung geht. Daraufhin wollte er einen Mitarbeiter anrufen und den bitten ihn zu begleiten."

„Und, war der Mann schon hier und hat ihn abgeholt."

„Ich denke ja, denn sonst hätte er die Klinik ja nicht verlassen das hat er mir jedenfalls fest zugesagt."
Bei ihr kroch eine seltsame Ahnung hoch, schnell machte sie sich auf den Weg zu der Station auf der Scheller lag. Bat die Stationsschwester sie an das Zimmer von Scheller zu begleiten. Dabei fragte sie nach der Person die Scheller abgeholt hat.

„Ja, das war so vor ungefähr einer halben Stunde."

„Was hat der Mann gesagt."

„Er hat gesagt er möchte zu Herrn Scheller, der hätte ihn angerufen und da mit der Arzt gesagt hat das jemand kommt um Scheller abzuholen habe ich ihn zu dem gebracht."

„Und haben Sie auch gesehen das die beiden zusammen gegangen sind?"

„Nein, hab ich nicht."

„Wie sah der Mann aus?"

Ihr wurde heiß und sie war sich sofort im klaren darüber das sie einen Fehler gemacht hatte. Sie zeigte der Schwester das Bild von Madnus:

„Könnte das dieser Mann gewesen sein?"

Die Frau war erschrocken und konnte nicht genau sagen ob das der Mann war der Scheller abgeholt hatte.

„Frank ruf sofort Schwarzer an der soll das MEK bereitstellen zu der Adresse von Scheller. Ich sehe noch mal im Zimmer nach."

Dort fand sie keinen Anhaltspunkt für eine gewaltsame Mitnahme von Scheller.

„Wir müssen sofort zu seiner Wohnung!"

Frank:

„Du denkst Madnus hat ihn wieder in seiner Gewalt, ziemlich dreist oder."

„Ich hätte es wissen müssen, denn ich wusste ja das Madnus nicht fliehen wird sondern hier am Ort handelt, dass das jetzt aber so verläuft damit habe ich nicht gerechnet. Der ist doch noch gerissener als wir alle gedacht haben und er riskiert alles."

Frank versuchte sie zu bremsen.

„Sag mal Lydia, du hast zu mir gesagt, nachdem wir bei Lotius waren, ich soll dich auf Fehler aufmerksam machen, wenn du denn einen machst. Und ich glaube, jetzt muss ich dir etwas sagen."

Sie war stehen geblieben und sah ihren Partner erstaunt an.

„Wieso, wir müssen handeln."

„Ich glaube, du siehst etwas das nicht sein kann aus Sorge um Schellers Sicherheit. Die Schwester hat doch gesagt der Mann der ihn abgeholt hat sei gekommen, weil Scheller ihn angerufen hat.

Woher sollte Madnus das denn wissen und sich wie du glaubst an dessen Stelle hier reingeschlichen haben. Außerdem hat die Frau Madnus auf dem Bild ja auch nicht erkannt. Ich glaube hier gehst du zu weit in deiner Annahme."

Sie nahm seinen Arm und lehnte sich ein wenig an ihn.

„Danke Frank, du magst recht haben. Hast du Schwarzer schon angerufen?"

Er schüttelte mit dem Kopf:

„Komm, lass uns bei Scheller anrufen du wirst sehen der ist in Ordnung."

Da der sich aber nicht meldete machten sie sich auf den Weg zu seinem Haus. Dort stand ein fremder Wagen. Vorsichtig näherten sie sich dem Gebäude und klingelten. Ein Fremder öffnete und gleich dahinter erschien Scheller.

„Hallo Lydia, Sie waren sicher im Krankenhaus und wollten mich besuchen und fragen sich was ich denn zu Hause mache. Das ist mein Kollege vom Dienst. Ich habe ihn gebeten mich zu begleiten. Der Arzt wollte mich nicht alleine gehen lassen, und ich brauch doch ein Paar Sachen für die Zeit die ich da noch ver-bringen soll. Die wollen ja ganz sicher gehen, wegen der Sache die man mir gespritzt hat."

Lydia wollte ihn nicht in Sorge bringen und sagte:

„Ja, wir wollten nur sehen wie es Ihnen geht und ob wir etwas für Sie tun können. Und zu Ihrer Beruhigung kann ich Ihnen mit-teilen das die gesamte Polizei den Mann sucht der Sie entführt hat."

„Können Sie mich denn zum Krankenhaus zurück bringen dann kann mein Kollege wieder an seine Arbeit gehen. Ich möchte seine Zeit nicht zu lange in Anspruch nehmen?"

Sie willigte ein und so brachten sie ihn zurück in sein Kranken-zimmer.

„Wollen Sie das wir einen Polizisten zu ihrem Schutz hier postieren?"

„Ich habe mich schon einmal unvorsichtig verhalten und trotz ihrer Warnungen nach den verschwundenen Männern gesucht. Aber ich kann mir beim besten Willen nicht vorstellen das der mich in seine Gewalt gebracht hat hier erscheint und noch mal dasselbe versucht. Warum sollte er das tun, was habe ich denn jetzt noch einen Wert für ihn?"
Lydia überlegte lange und versuchte sich in den Madnus hinein zu versetzen. Schellers Einwand war berechtigt, es gibt keinen plausiblen Grund warum Madnus ihn noch einmal kidnappen sollte. Das wäre zu riskant für ihn, der würde sich wie sie es bisher vermutet hatte an Lotius halten.

„Gut wir organisieren das so, das Krankenhaus wird sowieso von unseren Leuten beobachtet. Ich glaube auch nicht das der Mann eine Chance hätte unbemerkt hier rein zu kommen. Ich hatte nur gefragt, falls es Ihnen dann besser gehen würde, weil Sie sich dann sicherer fühlen können, und so auch besser erholen. Wie ich erfahren habe handelt es sich bei dem Mittel das Ihnen gespritzt wurde um ein harmloses Betäubungsmittel allerdings in sehr hoher Dosis. Deshalb wird es wohl noch eine Weile dauern bis sie wieder ganz auf dem Damm sind. Das hat mir der Arzt gesagt und unser Rechtsmediziner, zu dem ich großes Vertrauen habe, hat uns das bestätigt. Zu dem Fall selbst kann und darf ich zur Zeit nichts weiter sagen. Jedenfalls wird alles getan damit wir diesen Kerl finden und festnehmen können!"

Scheller war soweit zufrieden er war noch reichlich mitgenommen und freute sich auf die Ruhe die er im Krankenhaus haben würde.

Sie machten sich auf den Weg ins Revier und warteten gespannt auf weitere Ergebnisse. Von den Posten vor der Lotiusklinik waren keine Meldungen eingegangen.

23

Fred sammelte fieberhaft Informationen über den verschwundenen Chemiker und die abhanden gekommene Menge an Pillen. Um das Warten etwas erträglicher zu machen schlug sie Frank vor mit in die Rechtsmedizin zu kommen und mit Grünert zu reden. Der empfing sie wie immer freundlich und stürmte gleich auf Frank zu, an Lydia gewandt:

„Aha, das ist also der Glückliche. Junger Mann ist Ihnen eigentlich bewusst was für ein Glück Sie haben?"
Frank war im Moment etwas verwirrt fing sich dann aber und konterte geschickt:

„Ja, ich hatte auch nicht daran geglaubt, das ich der Auserwählte bin. Aber ich habe mich mächtig ins Zeug gelegt und die Qualifikation geschafft."
Grünert hielt inne, sah Frank über den Rand seiner Brille hinweg erstaunt an und sagte zu Lydia:

„Wollen Sie meine Meinung über diesen jungen Mann hören?"
Sie hatte das Ganze schmunzelnd beobachtet. Ihr war schon wichtig wie Grünert ihre Entscheidung beurteilte, deshalb sagte sie:

„Herr Grünert, Sie brauchen jetzt kein Gutachten abzugeben, aber interessieren würde mich Ihre Meimung schon."
Dabei nahm sie Frank an den Arm zwinkerte mit dem Augen und sagte:

„Eigentlich muss ich dich jetzt vor die Tür schicken sonst bildest du dir noch was ein."

Grünert lachte:

„Ich verzichte auf ein Gutachten was ich sehe brauche ich nicht zu kommentieren, ihr versteht euch auch so und das ist gut. Aber lassen Sie uns in mein Büro gehen. Ich erwarte eine Nachricht von dem Labor das die Pillen untersucht hat die bei den jungen Leuten in den Diskotheken gefunden worden sind."

Er bat sie Platz zu nehmen, studierte aufmerksam was da auf seinem Faxgerät eingegangen war und begann sichtlich erregt:

„Das muss der Teufel selbst zusammen gemischt haben!"

Machte eine Pause und sah Lydia und Frank mit traurigen Augen an, dann fuhr er fort:

„Ich will Sie mit Einzelheiten verschonen, aber diese Droge ist gefährlicher als alles was mir bisher bekannt ist."

Lydia wollte ihn unterbrechen aber er hob seine Hand und sagte:

„Wenn sich das bestätigt was die Experten herausgefunden haben dann gnade uns Gott, vor allem denjenigen die das Zeug nehmen. Das Schlimmste ist kurz zusammengefasst: Diese Droge macht sofort abhängig, von der ersten Tablette angefangen, und führt zum Tod, wenn sie in Verbindung mit Alkohol genommen wird. Das trifft für Konsumenten zu, die an einer Entzündung der Bauchspeicheldrüse leiden."

Jetzt konnte sie nicht mehr an sich halten und fragte.

„Das heißt also das Ganze ist unkontrollierbar, oder?"

„Davon müssen wir ausgehen, weil die Vertreiber ja keinen Beipackzettel liefern der den Konsumenten sagt welche Gefahren es gibt."

Grünert war aufgestanden und ging hin und her.

„Ihr müsst alles unternehmen und verhindern das diese Droge sich weiter verbreitet."

Jetzt berichtete Lydia das laut BKA in diesem Zusammenhang, 150 Kilogramm von den bereits für die Medikamentenerprobung hergestellten Pillen verschwunden sind. Er blieb stehen, schüttelte mit dem Kopf:

„Der Chemiker, ihr müsst den Chemiker finden der die Grundsubstanzen für diese Mischung zusammengestellt hat. Bisher kann ich nicht ausschließen, dass bei dem Mittel für die Medikamentenerprobung und den Pillen aus der Discoszene dieselben Substanzen verwendet worden sind. Doch ich bin fast sicher und glaube der Versuchsabgleich des Labors, den ich noch erwarte, wird meine Annahme bestätigen."

Lydia überkam ein Gefühl der Hilflosigkeit fing sich aber gleich wandte sich an Grünert und sagte:

„Kann es sein, das die Wirkung der Droge so weit geht das jemand einem Konsumenten den Befehl dazu erteilen kann sich vom Dach zu stürzen?"

Grünert nahm sein Brille ab und wischte sich über die Augen:

„Das ist durch aus denkbar, denn die Hauptsubstanz ist ja dieses Halluzinogen, ähnlich wie es früher bei der Herstellung von LSD verwendet worden ist. Ich vermute die Hersteller wollten erreichen das dieses Medikament Menschen die unter Depressionen leiden hilft ihre Stimmung aufzubessern."

Sie hakte noch mal nach:

„Wenn ich Sie richtig verstanden habe, dann ist es eine Frage der Dosis wie weit diese Substanz wirkt, und Ihre größte Sorge ist die Gefahr der Nebenwirkungen."

Grünert setzte sich und bat die beiden ihm gegenüber Platz zu nehmen:

„Ja das stimmt, nur die Gefährlichkeit dieser Droge liegt in der Wirkung selbst, denn sie bringt den Konsumenten an etwas heran was wir Menschen uns alle wünschen..."

Lydia zog die Augenbrauen zusammen.

„Wie bitte...?

Grünert hatte seine Hand gehoben und fuhr fort:

„Sie kennen den Unterschied zwischen Vorstellung und Wahrnehmung? Wenn Sie diese Droge nehmen, vermischen sich die Grenzen. Sie werden das was Sie sich in ihren Vorstellungen wünschen, glauben zu empfinden. Diese Substanz die ich vorhin angesprochen habe löst ein in ihrem Gehirn abgespeichertes Gefühl aus. Stellen sie sich das so vor: Alles Schöne das Sie erlebt haben und sich wünschen es wieder zu fühlen, können Sie mit Einnahme dieser Droge hervorholen und zwar so intensiv das Sie glauben wirklich zu empfinden was Sie sich vorstellen."

Frank war aufgesprungen:

„Sie meinen also, wenn es sich herumspricht das diese Droge so wirkt wie Sie es beschrieben haben, dann werden die Menschen ganz verrückt danach sein, stimmst?"

Grünert sah zu ihm auf und sagte dann an Lydia gewandt schmunzelnd:

„Was für eine gute Wahl Sie doch getroffen haben, aus diesem jungen Mann wird noch mal was, der denkt richtig mit."

Lydia hatte aufmerksam zugehört, ihre Gedanken waren schon einen Schritt weiter und befassten sich mit Lotius deshalb fragte sie Grünert:

„Ist es vorstellbar das ein Psychiater, das was Sie uns gesagt haben erkennen kann. Sagen wir mal bei der Betreuung von Probanden die ein Mittel einnehmen um die Wirkung von Antidepressiva zu erproben."

Grünert wusste sofort worauf sie hinaus wollte, nickte ihr zu und sagte:

„Ja, ein guter Psychiater erkennt das sofort, er nennt das dann: Psychische Störung durch psychotrope Substanzen." Wandte sich noch einmal Frank zu, der immer noch vor ihm stand: „Sehen sie junger Mann, das macht noch den Unterschied aus. Ihre Kollegin ist schon einen Schritt weiter als Sie...!" Machte eine Pause und fügte hinzu, etwas leiser Frank direkt ansehend:

„Aber die ist ja auch etwas ganz Besonderes!" Nickte und versuchte dem Knuff auszuweichen der jetzt von ihr kam. Aber er hatte es geschafft die bedrückende Atmosphäre die über diesen Erkenntnissen lag zu entspannen.

An Lydia gewandt:

„Sie fragen mich das, weil Sie auf der Suche nach einem Motiv sind. Ich kann das bestätigen, ein Psychiater kann erkennen, was in den Probanden vorgeht, wenn sie so etwas oder etwas ähnliches einnehmen. Ist Ihnen damit geholfen, Sie haben doch jemanden im Visier, oder?"

Sie musste an sich halten um Grünert nicht in ihre Arme zu nehmen, so erleichtert war sie. Die Suche nach einem Motiv hatte sie schon die ganze Zeit lang genervt. Jetzt waren sie endlich eine großen Schritt weiter gekommen.

„Vielen Dank, Sie haben uns ganz wichtige Hineise geben können jetzt ist es an uns weitere Schritte einzuleiten. Wir werden sofort eine landesweite Fahndung nach den verschwundenen Schellerleuten herausgeben denn die agieren in der Discoszene."

Er erwiderte:

„Ja, leider ist es heute in unserer perspektivlosen Gesellschaft für viele vor allem jungendliche Menschen nicht so leicht davon

Abstand Drogen zu nehmen. Die suchen förmlich nach extremen Genuss."

Zurück im Revier berichtete sie sofort Schwarzer von dem was sie bei dem Rechtsmediziner erfahren hatten. Der veranlasste auch sofort das ihre Vorschläge umgesetzt wurden. Drogendezernat und Staatsanwaltschaft wurden informiert. Schwarzer bat die beiden noch für weitere Gespräche in seinem Büro zu bleiben und begann mit seiner Analyse:

„Frau Brock, ich sehe es Ihnen an, Sie sind mit dem bisher erreichten unzufrieden und wollen schnell weiterkommen. Sie denken das Lotius hinter dieser ganzen Geschichte steckt. Und nachdem was Grünert heraus gefunden hat ist es durchaus denkbar das Sie recht haben mit ihrer Annahme. Er könnte seine Erkenntnisse dazu genutzt haben die Wirkung dieser Droge für sich zu nutzen. Aber dazu brauchen wir eine Verbindung von ihm zu den verschwunden Pillen und womöglich auch zu dem von Grünert erwähnten Chemiker. Wenn uns das gelingt haben wir eine Handhabe die es dem Staatsanwalt schwer machen wird einen Durchsuchungsbefehl für die Klinik nicht zu beantragen. Das war doch Ihr Anliegen, oder? Aber jetzt, nachdem Sie glauben ein Motiv für die Handlungsweise von Lotius gefunden zu haben sieht die Sache schon etwas anders aus. Nur wirklich weiter hilft uns das auch nicht."

Sie war nicht mehr überrascht über die Fähigkeit Schwarzers sich in ihre Überlegungen hinein zu versetzen. Aber es musste etwas passieren.

„Wenn meine Theorie richtig ist, und ich zweifle nicht daran, dann müssen wir als erstes Madnus finden. Nur der kann uns etwas über die Aktivitäten von Lotius sagen und somit ein Stück weiterbringen, denn ich bin sicher er hat für ihn gearbeitet."

„Aber bisher gibt es keine Spur von Madnus. Sie warten darauf das er sich Lotius nähert um sich zu rächen. Was hilft uns denn jetzt weiter?"

In diesem Moment kam Fred mit neuen Nachrichten.

„Wir haben den Chemiker gefunden – der wird von den Kollegen in Northeim vernommen."

Lydia schaltete blitzschnell.

„Das ist gerade mal eine knappe Autostunde entfernt. Wir brauchen sofort eine Fahrbereitschaft, dann können Frank und ich währen der Fahrt weitere Informationen sammeln und bei der Vernehmung dabei sein!"

Schwarzer zögerte einen Moment dann griff er zum Telefon legte auf und sagte:

„Gut, Sie und Frank fahren sofort los die Fahrbereitschaft ist bereit. Dann können Sie gegen Abend wieder zurück sein, es ist zwar nur eine geringe Chance und die Kollegen dort werden nicht sehr erfreut sein. Doch Sie machen das schon mit Ihrem unwiderstehlichen Charme. Fred übernimmt solange hier die Koordination, viel Glück."

Sie machten sich sofort auf den Weg, während der Fahrt gab Fred ihnen über Funk weitere Informationen durch. Frank hatte schwer damit zu tun diesem Tempo Lydias zu folgen.

24

Die Kollegen waren entgegen ihrer Vermutung froh das sie gekommen waren und erwarteten sie ungeduldig. Denn der Mann war zu Beginn der Vernehmung ziemlich verschlossen und sie kamen nicht weiter, weil sie zu wenig Anhaltspunkte hatten.

So konnte sie die Gelegenheit nutzen und von vorne anfangen. Sie einigte sich mit den Kollegen darauf das sie die Vernehmung führen würde. Einen genauen Plan wie sie die führen würde hatte sie nicht, aber sie vertraute auf ihre Erfahrung. Setzte sich dem Mann gegenüber und beobachtete ihn genau. Er sah ziemlich mitgenommen aus und schwitzte, obwohl es in dem Raum angenehm kühl war. Er war eher klein und ziemlich blass ca. vierzig bis 45 Jahre alt. Die wenigen Haare die er noch hatte klebten an seinem Kopf. Er hatte die Hände vor sich auf den Tisch liegen und saß vorn übergebeugt so als wenn er unter einer Last zu tragen hatte. Sie sah ich voll an, er wich ihrem Blick ständig aus und wurde zappelig.

„Ich bin Lydia Brock von der Mordkommission in Bremen das ist mein Kollege Frank Wismut…"
Ihr Gegenüber zog sich zusammen, so als wäre er geschlagen worden.

„Mordkommission aus Bremen, was hab ich damit zu tun, was soll das?"
Dabei sah er zu dem Kollegen hinüber, der ihn vorab befragt hatte, deutete mit dem Finger auf ihn und presste heraus.

„Der hat zu mir gesagt, sie wollen mich als Zeugen befragen wegen der verschwundenen Pillen die im Werk hergestellt worden sind für die Medikamentenerprobung. Und jetzt kommen Sie von der Mordkommission aus Bremen, das ist mir zu viel ich muss einen Anwalt sprechen."
Lydia zögerte einen Augenblick und dachte daran dass das Ganze durch die Einschaltung eines Anwaltes verzögert werden könnte. Sie musste einen Weg finden ihm seine Ängste zu nehmen.

„Es bleibt ihnen unbenommen einen Anwalt zu rufen, aber das ich von der Mordkommission bin hat doch nichts damit zu tun das sie nicht als Zeuge hier sind. Auch wir wollen sie nur als Zeugen befragen, oder warum glauben sie das sie einen Anwalt brauchen?"

„Na ja, ich denke, wenn Sie in Zusammcnhang mit einem Mordfall etwas von mir wissen wollen, dann muss ich doch davon ausgehen das Sie mich zumindest mit dem Umständen in Verbindung bringen."

Sie ging nicht auf diesen Einwand ein, sondern holte den Zettel hervor auf dem die Formel des Medikamentes stand. Dazu den auf dem die der Mischung der Pillen stand, die bei den Discos aufgefunden wurden. Schob den ersten zu ihm hinüber sah ihm in die Augen und fragte:

„Kennen Sie diese Formel?"

Der Mann rieb sich den Schweiß der ihm jetzt an beiden Seiten des Gesichtes herunterlief mit dem Handrücken ab und erwiderte zaghaft:

„Ja, die Formel kenne ich, das ist die für die Zusammensetzung des Medikamentes das die Firma erproben wollte."

Er schob ihr den Zettel zurück. Lydia ließ ihm aber keine Zeit zum verschnaufen sondern schob ihm den anderen Zettel hinüber. Wieder sah sie ihn voll an, er wich ihrem Blick aus.

„Und, kennen Sie diese Formel auch?"

Der Mann wich zurück und starrte auf das Papier, er versuchte sich zusammen zu nehmen und sagte wie unbeteiligt:

„Nein, diese Formel kenne ich nicht!"

Sie nahm den Zettel an sich und sagte in einem weichen Ton:

„Möchten Sie etwas zu trinken? Und hier ist ein Taschentuch."

Dankbar sah er sie an und nahm sich den Becher und das Taschentuch. Trank und wischte sich die Stirn, dabei hatte er sich so zurückgelehnt das Lydia auf seinen Bauch sehen konnte. Er versuchte über das Zwerchfell zu atmen um besser Luft zu bekommen. Sie wusste das sie ihn in der Klemme hatte denn er hatte gelogen. Nachdem sie ihm ein wenig Zeit gelassen hatte fing sie wieder an, ihr Ton war immer noch so als plaudere sie mit einem Bekannten über belanglose Dinge.

„Sie kennen die Formel auf dem ersten Zettel den ich Ihnen gezeigt habe, weil Sie dieses Medikament praktisch entwickelt haben, stimmst?"

Er nickte und war immer noch am Schweißabwischen. Dann beugte sie sich zu ihm hinüber, jetzt war ihr Ton sehr scharf:

„Warum lügen Sie, ich bin sicher das Sie die zweite Formel auch kennen. Denn es ist ja fast die dieselbe wie die Erste und Sie haben die nicht einmal genau angesehen. Weil Sie genau wissen was diese Formel bedeutet, und was für ein Teufelszeug entsteht, wenn danach produziert wird. Sie sind ein hervorragender Chemiker, haben Ihr ein ganzes Berufsleben lang mit der Herstellung von Medikamenten zu tun, und wollen jetzt ernsthaft behaupten Sie würden diese Formel nicht kennen? Obwohl Sie die doch selbst entwickelt haben!"

Der Mann war aufgesprungen, der Stuhl fiel nach hinten weg. Zwei der Kollegen traten sofort hinter ihn. Er hob die Arme und stotterte los:

„Nein, nein, das können Sie nicht mit mir machen, ich will sofort einen Anwalt!"

Lydia wusste genau dass sie sich jetzt auf sehr dünnem Eis bewegte, und sie dabei war gegen Vorschriften zu verstoßen.

Denn wenn sie jetzt weiter machen würde konnte es sein das die Aussagen des Mannes später vor Gericht nicht anerkannt werden würden. Aber hier bot sich für sie die Möglichkeit einen Hinweis darauf zu bekommnen was sie vermutete. Sie sah ihre Kollegen an und erkannte sofort das die der gleichen Meinung waren wie sie. Beide nickten mit dem Kopf und auch Frank deutete mit einer Handbewegung an das sie weitermachen sollte. So entschied sie sich weiter zu fragen:

„Es bleibt ihnen unbenommen eine Anwalt zu fragen, aber seien Sie versichert auch wir sind uns bewusst das auch Dinge die Sie entlasten mit berücksichtigt werden müssen. Kennen Sie Hermann Lotius?"

Der Chemiker hatte sich wieder gesetzt, der Schweiß lief ihm jetzt ungehindert am Gesicht herunter in seinen Hemdkragen.

Er versuchte sich zu beruhigen, aber es gelang ihm nicht denn die Fragen von Lydia prasselten auf ihn ein:

„Kennen Sie Hermann Lotius? Haben Sie mit dem zusammengearbeitet im Laufe dieses Versuches zur Erprobung dieses Medikamentes? Er war doch der bergleitende Psychiater. Kennen Sie Kelvin Mc Madnus und wann hatten Sie zum letzten Mal Kontakt mit dem? Wissen Sie etwas über die Menge der aus der Firma verschwundenen Pillen? Sie stehen im Verdacht daran beteiligt zu sein das diese Menge aus den Lagern der Firma verschwunden sind. Sind Sie nicht deshalb auch aus der Firma ausgeschieden, hat man Ihnen nicht ein großzügiges Angebot gemacht, und einen Aufhebungsvertrag angeboten?"

Der Mann saß zusammengesunken auf seinem Stuhl. Er hatte die Hände vor sein Gesicht zusammengefaltet und versuchte mit den Resten des Taschentuches dem herunterlaufenden Schweiß Einhalt zu gebieten. Es gelang ihm nicht, verzweifelt suchte er nach Antworten. Sie hatte ihn mit Dingen konfrontiert die Sie eigentlich gar nicht wissen konnte. Das dieses die Taktik von Lydia war durchschaute er in seiner Not nicht. Nach einer Pause die sie ihm ließ antwortete er:

„Ich kenne den Lotius, aber nur im Zusammenhang mit der Serie für die Erprobung des Medikamentes, zusammengearbeitet haben wir nicht. Mc Madnus kenne ich nicht und mit dem Verschwinden der Pillen habe ich nichts zu tun. Aus der Firma ausgeschieden bin ich auf eigenen Wunsch."

Dabei sah er sie an, seine Augen flackerten.

Lydia wusste das er log und ließ nicht locker.

„Bei der Erprobung sind zwei der Probanden gestorben. Wir wissen das es an den Nebenwirkungen lag die das Mittel bei Menschen hervorruft die an einer Entzündung der Bauchspeicheldrüse leiden. Das muss Ihnen doch bei den Vorversuchen aufgefallen sein. Warum hat die Firma darauf nicht reagiert, oder war den Verantwortlichen das nicht bekannt. Haben Sie dieses Wissen zurückgehalten und wenn warum?"

Der Mann sackte in sich zusammen, stockend antwortete er:

„Ich... ich... wollte ja, aber man hat mich unter Druck gesetzt, ich konnte gar nicht anders wir mussten den Versuch zu Ende bringen. Die Firma war ziemlich am Ende und alle hofften durch dieses neue Mittel den Durchbruch zu erreichen der die Firma wieder voranbringen konnte."

Lydia:

„Ich glaube Ihnen nicht, Sie haben aus Eigennutz gehandelt und sich, nachdem die Firma ihnen den Laufpass gegeben hat mit Lotius zusammengetan und wollten auf eigene Faust Geld mit diesem Mittel verdienen. Als Grundstock war diese Menge an bereits produzierten Pillen vorgesehen. Sie haben mit diesen Grundstoff und der finanziellen Hilfe von Lotius die Pillen zu einer Droge verarbeitet!"

Sie wusste das alle diese Anschuldigungen nur auf ihrer Annahme beruhten. Sie hatte keine Beweise dafür, aber es war eine Chance Hinweise auf die Rolle von Lotius zu bekommen.

Gespannt wartete sie auf eine Reaktion. Es war totenstill im Raum – nur das heftige Atmen des Chemikers war zu hören. Der Mann hatte sich gefangen. Er wischte immer noch Schweiß von seinem Gesicht, lehnte sich zurück und sagte:

„Ich bleibe dabei, ich will einen Anwalt sprechen alles was Sie sagen ist nicht zutreffend."

Sie war enttäuscht, ihr Vorhaben war nicht ganz aufgegangen. Immerhin hatte er zugegeben das er Lotius kannte und bei der Aussagen über Mc Madnus hatte er so reagiert wie sie es erwartet hatte. Sie war sicher er kannte den Mann, aber jetzt waren sie am Ende und mussten die Vernehmung abbrechen.

Doch sie machte noch einen letzten Versuch, legte die beiden Zettel mit den Formeln und das Bild von Madnus auf den Tisch und schob diese ganz dicht an ihn heran.

„Bei der Erprobung sind zwei Menschen gestorben, durch die Einnahme der Droge weitere zwei und wenn es gelingt diese weiter zu verbreiten werden noch mehr Menschen sterben. Wollen Sie das oder wollen sie mithelfen so etwas zu verhindern es liegt an Ihnen"

Eine lange Pause entstand, er legte seine rechte Hand an das Kinn und sah sie voll an, die Hand zitterte. Sie sagte nichts und wich seinem Blick nicht aus. Ihre Augen sagten ihm:

„Komm, jetzt ist Schluss, du bist doch kein Mörder."

Endlich kam die Antwort:

„Ich habe mit der ganzen Sache nichts zu tun und will den Anwalt."

Lydia erhob sich.

„Gut dann machen Sie das, meine Kollegen werden sich weiter um Sie kümmern. Für mich sind und bleiben Sie mitverantwortlich es ist an Ihnen wie Sie damit zurecht kommen."

Sie verabredete noch mit dem zuständigen Kollegen, dass der Mann nach dem Protokoll gehen könne aber weiter observiert werden sollte. Der Kollege war einverstanden und regelte das Erforderliche. Auf dem Weg nach Hause fragte Frank:

„Sag mal Lydia, was glaubst du in wie weit müssen wir davon ausgehen dass der Chemiker an der Sache beteiligt ist, und warum konnte nichts gefunden werden um ihn weiterhin festzuhalten?"

„Frank, ich bin sicher der Mann ist ein Helfer von Lotius, und er kennt Madnus, er hat Angst vor dem. Ich habe seine Angst bemerkt als ich ihm das Foto gezeigt habe. Es wird so sein das er jetzt Hilfe braucht. Der wendet sich nicht an seinen Anwalt sondern an Lotius. Pass auf, der macht sich auf den Weg nach Bremen und dann haben wir alle Beteiligten beisammen und vielleicht gelingt es uns dann sie zu stellen. Was wir am dringendsten brauchen, wäre ein Durchsuchungsbeschluss für die Klinik, nur leider haben wir dafür nur noch nicht genügend Belastungsmaterial."

„Aber Lydia, das stimmt denn alles was wir in der Hand haben sind Vermutungen und Hinweise nicht einmal Indizien."

„Ja, aber das was wir haben, wenn es auch nur Hinweise sind, passt in unsere Theorie daran müssen wir weiter arbeiten und glaub mir, ich spüre das ich recht habe."

Sie wurden abrupt durch einen Funkspruch unterbrochen:

„Hier ist Schwarzer, wie weit seid ihr. Wir haben eine neue Geiselnahme!"

Ihr fuhr der Schreck so in die Knochen das sie glaubte auf einem Eisblock zu sitzen, deshalb schrie sie zurück:

„Ist es Scheller?"

„Nein, der ist es nicht! Aber..., es ist Frau Erna Lotius. Der Anruf kam von der Leitung der Pension, weil sie nicht zu einem Treffen erschienen ist."

„Wir sind in einer halben Stunde dort."

Im Revier erwartete sie schon der kleine Krisenstab den Schwarzer zusammengerufen hatte. Auch Kubik war anwesend er hielt ein Päckchen in der Hand das an Lydia adressiert war.

Er reichte ihr den Umschlag und den Tagebucheintrag auf dem der Zeitpunkt eines Anrufes angebeben war. Danach hatte ein Unbekannter beim Revier angerufen und angegeben das sie die Mutter von Lotius in Ihrer Gewalt hätten. Sie forderten das Frau Brock das Päcken öffnen sollte, denn darin seien weitere Forderungen enthalten. Sie nahm es entgegen und wollte es öffnen Schwarzer stoppte sie.

„Ich glaube es ist besser, wenn wir das Päckchen von den Spezialisten untersuchen lassen es könnte sich im einen Anschlag handeln."

Sie drehte den Umschlag und zögerte:

„Als Absender ist Scheller angegeben, haben Sie das geprüft?"

Dabei richte sich ihre Frage an Kubik, der nickte:

„Scheller hat kein Päckchen abgeschickt, aber wir haben den Umschlag schon sicherheitstechnisch überprüft. Nach den Röntgenbildern handelt es sich bei dem Inhalt lediglich um ein normales Handy.

„Ein Handy? Fred ruf sofort den zuständigen Spezialisten von der KTU dazu, ich glaube jetzt kommen wir näher ans Ziel."

Schwarzer:

„Sie glauben es ist das Handy von dem aus der Mann auf dem Dach angerufen worden ist?"

Sie antwortete nicht gleich, ihr schossen tausend Möglichkeiten durch den Kopf. Das Warten auf den Mann von der KTU machte sie ganz kribbelig um die Zeit zu überbrücken wandte sie sich an Schwarzer:

„Gibt es schon Ergebnisse der Fahndung nach den Leuten die Scheller vermisst? Was hat die Überwachung der Klinik ergeben? Wo könnte die Geisel versteckt gehalten sein und ist es wieder, wie ich glaube Madnus, warum diese Geiselnahme?"

Schwarzer:

„Beruhigen Sie sich, alle Maßnahmen sind eingeleitet, wir suchen fieberhaft nach den Leuten. Die gesamte verfügbare Mannschaft ist unterwegs, jeder Streifenpolizist hat die Fahndungsfotos der Männer und die von Madnus."

Endlich erschien der Spezialist und sie öffneten das Päckchen. Es war tatsächlich ein Handy, eingeschaltet. Der Kollege begann mit der Untersuchung. Dann das Ergebnis.

„Es ist das Handy von dem aus der letzte Anruf an den Mann auf dem Dach gegangen war. Außerdem zwei gespeicherte SMS Nachrichten. Die erste datiert von dem Tag bevor der Tote im Sperrmüll gefunden wurde:

Vertrag römisch eins sofort lösen!

Die zweite Nachricht war datiert am Tag bevor Jankov sich vom Dach gestürzt hatte: Vertrag römisch drei sofort lösen!

Alle Anwesenden blickten voller Spannung auf den Mann von der Spurensicherung. Dann konnte Lydia den Druck nicht mehr aushalten.

„Können sie feststellen, wer diese SMS-Nachrichten abgeschickt hat, und wenn wie lange dauert das?"

Sie wandte sich an den Staatsanwalt:

„Würden Sie einen Durchsuchungsbefehl für die Lotiusklinik beantragen, schon während der Mann herausfindet wer die SMS abgesendet hat?"

„Wenn es denn Lotius war, natürlich sofort, aber nur ich muss sicher sein."

„Das können Sie, wir müssen sofort handeln, jede Minute ist wichtig!"

„Aber Frau Brock, ich kann nicht nur auf Ihre Annahmen hin einen Durchsuchungsbefehl beantragen, lassen Sie uns auf das Ergebnis der KTU warten dann werde ich persönlich den zuständigen Richter aufsuchen!"

Sie sah hilfesuchend zu Schwarzer hinüber aber der zuckte nur mir den Schultern. Also blieb nichts anderes als zu warten. Überraschend schnell kam der Kollege von der KTU zurück. Er sah Lydia triumphierend an.

„Sie hatten recht mit ihrer Annahme die SMS sind von einem Computer in der Klinik abgeschickt worden. Laut Provider handelt es sich dabei um die Firma die den Sicherheitsdienst für die Klinikleitung inne hat."

Sie wandte sich an den Staatsanwalt ihre Augen blitzen vor Zorn:

„Reicht Ihnen das immer noch nicht, oder muss noch mehr passieren?"

„Ist ja gut, Sie bekommen Ihren Beschluss!"

Schwarzer schaltete sofort, er alarmierte ein Mobiles Einsatzkommando und rief alle verfügbaren Leute zusammen. Aber jetzt meldete sich der Kollege von der KTU noch einmal zu Wort.

„Halt, da ist noch etwas, es befindet sich noch eine geschriebene SMS auf dem Handy die allerdings nicht versendet worden ist."

Sie fuhr zu ihm herum:

„Na los, sagen Sie schon!"

Der Mann holte tief Luft und verlas die Nachricht:

„Wenn Sie die Nachrichten auf dem Handy gelesen haben wissen Sie wer den Auftrag für alles gegeben hat. Ich werde mir Lotius vornehmen, und hoffe Sie kommen mir nicht zuvor. Die

Geisel wird mich begleiten, ich erledige das auf meine Art. Versuchen Sie nicht mir zuvor zu kommen, sonst werde ich die Geisel töten."

Alle in dem Raum hatten atemlos zugehört, Lydia fing sich als erste.

„Das wirft unsere ganze Planung über den Haufen wir brauchen eine völlig neue Strategie!"

Schwarzer:

„Das Wichtigste und das steht vor allem, ist die Sicherheit der Geisel...!

In diesem Moment meldete sich der Posten vor der Lotiusklinik über Funk.

„Hier fährt ein Wagen vor, darin sitzen zwei Personen. Es sieht so aus, als wenn der Fahrer..., nein das ist eine Frau! bedroht wird...! Jetzt steigen beide aus, der Mann könnte Madnus sein, sollen wir eingreifen?"

Lydia reagierte sofort, durchaus nicht überrascht das die Sache jetzt so eine Wendung nahm und gab dem Posten durch.

„Nein, nicht eingreifen, wir kommen sofort, das MEK ist auch schon unterwegs. Ihr beobachtet weiter und meldet jedes Detail."

In ihrem Wagen hielten sie weiter Kontakt zu den Männern vor der Klinik:

„Der Mann bedroht die Frau sie geht einen halben Schritt rechts vor ihm. Er hält ihr eine Waffe an den Kopf! Sie nähern sich dem Tor! Madnus spricht den Wachmann an der greift zu seinem Funkgerät, lässt es aber stecken! Er öffnet das Tor! Ein Buggy fährt an das Tor heran! Madnus spricht mit dem Fahrer, der Buggy bleibt stehen! Sie gehen zu Fuß weiter."

„Geht zu dem Wachmann am Tor, er soll das Tor offen lassen und achtet genau auf Madnus und Frau Lotius!"

Am Tor.

„Madnus kommt zurück, er verlangt dass das Tor geschlossen wird."

„Hat er euch schon gesehen?"

„Nein, wir stehen in Deckung der Mauer."

„Fragt den Wachmann nach einer Möglichkeit wie wir über einen anderen Weg auf das Gelände kommen können, wir müssen einen Zugang haben."

Lydia und Frank schalteten sich unterwegs ich die Leitung mit dem Leiter des MEK ein. Die Funksprüche jagten hin und her.

„Das Tor wird von dem Buggyfahrer geschlossen und der muss vor Madnus und der Geisel hergehen. Gleich verlieren wir ihn aus den Augen, der Wachmann bleibt draußen."

„Fragt ihn, wo Lotius sein könnte."

Leiter des MEK:

„Wir sind in zwei Minuten da, bleiben sie in Kontakt!"

„Wir sind auch gleich da, bleiben sie in Bereitschaft und warten auf uns."

Frank sah seine Partnerin von der Seite an, sie machte einen vollkommen ruhigen Eindruck er selbst musste sich tüchtig zusammen nehmen und versuchte sich an die Dinge zu erinnern die er in seiner Ausbildung gelernt hatte. Er hatte so einen Ernstfall noch nicht erlebt. Lydia erwiderte seinen Blick und lächelte ihm zu.

„Du musst mir vertrauen und handele nur auf meine Anweisung, klar!"

Er nickte und wurde sofort ruhiger er vertraute ihr sie war eine großartige Persönlichkeit. Das Funkgerät knatterte los so das er zusammenzuckte.

„Wir sind da, der Wachmann will mit uns zusammenarbeiten."

„Fragt ihn ob er weiß wie viele Patienten in der Klinik sind und wo die sich genau befinden. Und was ist mit der Möglichkeit auf einen anderen Weg als durch das Tor auf das Gelände zu kommen. Hat der Mann Kontakt zu den anderen Sicherheitsleuten in der Klinik und wie viele sind das. Die müssen mir uns zusammenarbeiten?"

„Wir haben Madnus und die Geisel aus den Augen verloren."

„Macht nichts mehr wir sind da."

Der Leiter des MEK kam gleich auf sie zu.

„Der Mann hier ist bereit mit uns zusammenzuarbeiten, er kennt Frau Lotius und ist ziemlich erregt darüber, dass sie als Geisel genommen worden ist. Damit wollen er und seine Kollegen nichts zu tun haben."

„Wie viele von denen sind auf dem Gelände?"

„Außer dem Buggyfahrer noch drei, die halten sich zur Zeit in ihrem Aufenthaltsraum auf."

„Nehmen Sie über Funk Kontakt auf und weisen Sie diese an sich um die Patienten zu kümmern. Wo könnte Lotius sich jetzt aufhalten?"

„Ich habe vor einer halben Stunde mitbekommen das er in sein Labor gehen wollte, dorthin darf ihn niemand begleiten."

Lydia konnte sich kaum noch beherrschen, es war alles so wie sie sich das gedacht hatte. Nur jetzt galt es ruhig zu bleiben, und versuchen sich in Madnus hinein zu versetzten.

„Wo befindet sich das Labor und könnte Madnus wissen, dass Lotius dort ist?"

„Ich vermute er weiß das. Der Buggyfahrer hat ja auch mitbekommen das Lotius ins Labor wollte."

„Und wie kommen wir dahin? Schnell Mann, uns bleibt keine Zeit der ist zu allem fähig."

„Kommen Sie, es gibt einen anderen Eingang der sonst nicht benutzt wird. Von dort aus kommen wir schnell an das Gebäude in dem sich das Labor befindet heran."

Die Männer vom MEK verteilten sich und sie hetzten zu dem Eingang. Der Wachmann schloss auf jetzt waren sie auf dem Gelände. Die MEK Männer umstellten sofort das Haus. Der Wachmann zeigte auf eine Tür die am Ende einer, ein paar Stufen runter führenden, Treppe lag. Dort in einem Kellerraum befand sich das Labor. Zwei Männer machten sich bereit die Tür aufzubrechen.

Plötzlich fielen zwei Schüsse. Lydia winkte den Männer zu, die verstanden sofort und stürmten das Gebäude. Blendgranaten wurden gezündet. Frank und sie betraten den Raum im Schutz der MEK Männer. Nachdem die Rauchschwaden verzogen waren sahen sie Madnus in der Mitte des Raumes stehen, Frau Lotius an seiner Seite. Ein wenig davon entfernt lag Lotius auf dem Boden zusammengekrümmt. Madnus hatte ihm beide Knie zerschossen. Lydia bedeutete den Männern nichts weiter zu unternehmen. Madnus hatte immer noch die Waffe auf den Kopf von Frau Lotius gerichtet. Ihre Blicke trafen sich, sie wollte ihn ansprechen. Er hob die Hand.

„Sagen Sie nichts! ich weiß das auch so."

Er deutete mit der freien Hand auf den am Boden liegenden Lotius.

„Das Schwein, der hätte so gar seine Mutter geopfert! Als ich das gemerkt habe, wusste ich das der Tod viel zuwenig für ihn ist. Deshalb soll er jetzt als Krüppel weiterleben."

Seine Hand schweifte über die Apparaturen:

„Das ist ja wohl Beweis genug für Sie, wer für alles verantwortlich ist. Ich war in seiner Hand ich konnte nicht anders handeln."

Dann zog einen Bogen Papier aus seiner Tasche.

„Hier ist alles aufgeschrieben, das war's!"

Nahm die Waffe herunter, schubste Frau Lotius zur Seite legte die Pistole von unten an seinen Unterkiefer und drückte ab. Frau Lotius war auf die Knie gefallen, Lydia sprang auf sie zu und führte sie von der Leiche weg. Ihre Bluse war mit dem Blut des Toten vollgespritzt. Sie legte ihren Kopf an die Schulter Lydias und bedankte sich selbst in dieser schrecklichen Situation mit einem Lächeln und sagte:

„So habe ich mir unser Wiedersehen aber nicht vorgestellt."